I0736791

LA LOUVE DAMNÉE

LES LOUPS SAUVAGES

MILA YOUNG

Traduction
SOPHIE SALAÜN

CONTENTS

LES LOUPS SAUVAGES

La Louve Perdue
La Louve Brisée
La Louve Damnée
La Louve Maudite

LA LOUVE DAMNÉE

Toute ma vie, tout ce qu'on m'a appris n'était que mensonge...

La haine est un mot cruel...
Mais découvrir ce que ma mère a fait...
Ce qu'elle m'a caché est impardonnable.
Sans compter que les quatre hommes que j'ai laissé
entrer dans ma vie m'ont aussi dissimulé des secrets.
De mon côté, j'ai quelques vérités à révéler qui
pourraient tout changer entre nous.
Alors que la menace d'une guerre assombrit notre
monde et que mon ex-compagnon est à nos trousses, je
ne vois pas comment nous pourrons survivre si nous
laissons le passé nous séparer.
Pourrai-je trouver un moyen de leur pardonner avant
qu'il ne soit trop tard et que je perde tout ?

* * *

CHAPITRE 1

NARAH

— Je me fous que tu souffres ou que tu pleures, aboie Martell, son haleine fétide me frôlant le visage, tu ne m'échapperas pas cette fois.

Désespérée, je baisse le menton contre ma poitrine, refusant de laisser mon compagnon voir mes larmes. Il en a perdu le droit quand il m'a jetée d'une falaise. Il a brisé mon existence au moment où il m'a rejetée, séparée de mes sœurs, et depuis je suis en fuite.

Maintenant, regardez-moi. Je suis de retour auprès de ce monstre. L'univers a décidé que ma louve devait le désirer, et que je devrais partager mon cœur avec lui. Je n'ai jamais compris comment la déesse louve a pu m'associer à un homme aussi détestable, car nous n'avons rien en commun. Pourtant, nos loups s'attirent. Même à cet instant, la mienne est en train de gémir au creux de mon corps, sachant qui se tient devant nous.

Je déteste Martell, mais je déteste encore plus mon

corps qui désire cet abruti. Ma poitrine se tend vers lui pour qu'il la touche, ce qui me rend malade tout autant que cela m'excite.

J'ai les poignets attachés à des chaînes au-dessus de ma tête, et mes orteils atteignent à peine le sol en ciment du sous-sol. Cet enfoiré m'a emprisonnée, et je tremble de rage.

Pour la dixième fois, je cherche au fond de moi ma magie, le pouvoir qui, selon ma mère, fait de moi une sorcière. Mais c'est comme si l'on m'avait retiré toute ma puissance. Je me sens vide, et un malaise me saisit les tripes : tout est de sa faute. Elle m'a volé mon pouvoir avant que les loups de Martell ne la tuent. Alors comment pourrais-je découvrir la vérité ?

Il me prend le menton et le serre, ses ongles s'enfonçant dans ma chair jusqu'à ce que je gémisse. Repoussant ma tête en arrière, il m'étudie avec un regard lubrique. Ses cheveux bruns et courts sont séparés sur le côté, et une barbe noire a poussé depuis la dernière fois que je l'ai vu.

Cependant, son hostilité envers moi n'a pas changé.

— Tu ne me mérites pas en tant qu'âme sœur, grogne-t-il avant de me renifler, les narines dilatées. Surtout une maudite comme toi qui as laissé d'autres alphas la prendre. Je savais que tu n'étais qu'une garce.

— Va te faire voir !

Je n'ai jamais demandé à naître mi-louve, mi-sorcière, et je n'ai jamais voulu de lui comme âme sœur. Le truc, c'est qu'être maudite fait de moi une moins que rien aux yeux de la plupart des loups. Je ne suis ni une louve métamorphe de sang pur, ni une véritable sorcière. Je suis donc un paria dans ces deux mondes.

Martell ricane, ses lèvres se retroussent sur ses dents jaunies. Il est une véritable montagne de force qui me surplombe, ses yeux sont aussi noirs que les fosses de l'enfer. Ce n'est pas le plus beau des hommes, il a les lèvres trop fines et sèches, une tête démesurée, et ses traits se tordent quand il se renfrogne. Apparemment, en matière d'accouplement, ce qui compte pour nos loups, ce sont les relations charnelles.

— Tu crois pouvoir me faire du mal ? dis-je, trouvant du courage. Laisse-moi partir, ou tu regretteras de m'avoir touchée, grogné-je.

C'est peut-être idiot, mais je ne suis plus cette fille docile qu'il a connue. La douleur d'avoir retrouvé ma mère et d'avoir été trahie par elle, puis de la perdre ensuite, m'a changée.

Par le passé, je faisais semblant d'être quelqu'un de différent, une personne docile et obéissante aux Loups de la Tempête, mais cette personne n'existe plus depuis longtemps.

Des fragments de mon passé envahissent mon esprit, alimentant ma colère. Ma mère est morte des mains des loups de Martell, et j'ai été enlevée alors que mes sœurs courent potentiellement un danger. Je pense à Ragnar, tout comme aux trois autres hommes auxquels je me suis bien trop attachée ces derniers temps. Je ne sais même pas s'ils sont vivants, mais je serre les dents, car j'ai besoin de croire qu'ils ne sont pas morts. Je cligne des yeux pour faire disparaître mes larmes, sachant que me laisser me noyer dans l'apitoiement et la panique me fera tuer plus vite.

Martell me saisit à la gorge, rapprochant mon visage de lui tandis que mon corps tout entier frémit.

— Tu penses être en position de me menacer ?

Il resserre sa prise et mon souffle se bloque dans mes poumons. Je me tords contre lui, ma poitrine me brûle tant j'ai besoin de respirer à nouveau. Sous le coup de l'adrénaline, je lui donne un coup malgré mes pieds attachés, mais il ne réagit pas. Il soutient mon regard comme le monstre qu'il est, tandis que l'obscurité envahit les bords de mon champ de vision. Sa manière de m'étudier me fait penser à celle des loups sauvages qui considèrent que les femmes ne servent qu'à s'envoyer en l'air. Je vis dans un monde mortel où nous ne sommes que des objets que l'on vend et dont on se sert.

Ma magie… c'est la seule chose qui pourrait me conférer un léger avantage contre Martell. La seule chose que je n'ai pas.

— Il est temps de réparer certains torts, murmure-t-il.

Je relève la tête pour le regarder, redoutant de comprendre ce dont il parle.

— Au départ, j'avais l'intention de te tuer, mais c'était peut-être un peu précipité. J'ai une meilleure idée de la manière de t'utiliser, ma petite garce. Mes hommes sont en manque de femmes, et comme tu écartes les jambes pour n'importe qui, eh bien, je vais te laisser à leurs bons soins.

Mon ventre se contracte, j'ai la tête qui tourne à

cause du manque d'oxygène, et ses paroles sont comme un poignard qui me déchire le cœur. Je préférerais me tuer plutôt que le laisser me toucher, lui ou l'un de ses hommes.

— Qu'en penses-tu ?

Il hausse un sourcil touffu.

En réponse, je me débats, j'ai besoin d'air. C'est tout ce qui m'importe.

Il relâche brusquement ma gorge avec un grognement.

Haletante, j'aspire goulûment l'air dans mes poumons vides, tandis qu'il empoigne mes cheveux et m'oblige à hocher la tête.

— V… Va te faire voir, sifflé-je.

— C'est nouveau cette grossièreté, Narah. Il va falloir que je corrige ça.

C'est un véritable enfoiré. Ces mots m'emplissent de sombres pensées, tandis que l'air entre et sort de mes poumons. J'essaie de cligner des yeux tandis que mon cœur s'emballe comme si quelqu'un me frappait en pleine poitrine. Lors de notre première nuit ensemble, j'avais envie de son attention, qu'il veuille tout savoir de moi, et qu'il me promette le monde.

J'étais complètement idiote de ne pas m'être méfiée.

Le regard qu'il pose sur moi maintenant est celui d'un homme déséquilibré, instable. Pourtant, ma louve se languit de lui, et je sais qu'il en est de même pour son loup. Je le vois dans ses yeux, mais il ne semble pas s'en soucier.

La morsure que Ragnar m'a offerte pour empêcher

la nostalgie de ma louve ne parvient pas à supprimer son désir.

Je m'imagine faire glisser mes ongles sur le visage de Martell et le plaisir que j'en retirerais. Une fois encore, ma louve grogne contre moi. Elle est perdue, elle se languit de ce lien d'accouplement, mais si elle savait, elle aurait aussi envie de lui arracher la gorge.

— Je ne te donnerai jamais rien.

Ma voix est réduite à un sifflement rauque alors que je lutte encore pour respirer.

Il sort une lame, et mes muscles se tendent. Ma vision est floue, et la seule chose que je vois, ce sont ses dents blanches parfaites et son rictus d'avertissement. Il fait glisser la pointe de sa lame sur ma clavicule, griffant la peau, la déchirant. Je tressaille et me mords la langue pour ne pas crier. Il empoigne ma chemise et la déchire, la découpe rapidement en même temps qu'il me déshabille. Je me débats car sa lame entaille ma chair en même temps que le tissu, jusqu'à ce qu'il ne me reste plus que ma culotte et mon soutien-gorge.

— Rien de ce que tu feras ne changera le fait que tu n'es qu'un foutu porc, crié-je.

Tout mon corps tremble, mes dents claquent et des larmes ruissellent sur mes joues. Je déteste lui montrer la moindre faiblesse, mais les émotions qui m'envahissent sont alimentées par la rage et l'envie d'entendre Martell hurler de douleur.

Il éclate d'un rire sombre.

— Ne t'imagine pas avoir la moindre influence sur

moi. Peut-être que mon loup se languit de toi, mais le dégoût que je ressens se révolte contre notre lien.

Il lève brusquement son couteau, puis fait glisser la lame en travers de ma poitrine.

Je hurle sous la brûlure de la blessure. Mon cœur s'emballe à cette pensée, et ma louve grogne contre moi.

— Je veux parler à Lovis, parviens-je à articuler entre deux sanglots, mettant autant d'acier dans ma voix que je le peux.

— Ce vieux con est mort, se moque Martell. J'ai pris sa place en tant que chef Alpha du clan des Loups de la Tempête. Il ne te sauvera pas… personne ne le fera.

Sa réponse m'ébranle. Non pas que Lovis était un homme bon, mais pendant mon enfance, il avait fait preuve de sympathie à mon égard, et il m'aurait été plus facile de négocier avec lui.

— Jamais je ne t'appartiendrai.

— Je n'ai jamais voulu de toi, rétorque-t-il.

Ma louve gémit à ses paroles.

Je plisse les yeux en le regardant, et il m'assène un revers de la main. Je vois des étoiles, et le choc me fait reculer. Une douleur aiguë se répercute sur mon crâne sans jamais s'arrêter, puis se propage sur mon visage. Je crie plus fort et je sens que les entraves autour de mon poignet se desserrent.

Il est en train de retirer les chaînes.

La douleur que je ressens au visage et à la poitrine me fait m'effondrer sur le sol quand mes jambes lâchent. C'est une sensation étrange que d'avoir l'impression de souffrir d'une commotion cérébrale après un unique coup, alors que ma louve continue de gémir pour cet enfoiré. Je secoue la tête pour éclaircir ma vision, mais la pièce tourne plus vite.

— J'ai une surprise pour toi, déclare Martell, et sa phrase résonne comme une promesse de souffrance.

Il s'accroupit et coupe les cordes qui relient mes chevilles avec son couteau.

— Non pas que je devrais me donner la peine de le dire à quelqu'un d'aussi pathétique que toi, mais cela me fera bien plus plaisir qu'à toi.

Il se relève et empoigne mes cheveux. Une douleur atroce envahit mon crâne, et j'agrippe sa main pour atténuer la douleur tout en me relevant difficilement. Mon estomac se contracte alors que je trébuche derrière lui. Mes blessures guériront, mais lorsque nous sommes proches je suis incapable de contrôler le lien d'accouplement de ma louve. Elle gémit pour lui, et un chagrin d'amour m'étreint le cœur.

Mon père m'a dit un jour que les compagnons étaient un cadeau de la déesse de la Lune. Que trouver l'accord parfait dans un monde rempli de désespoir est comme un phare que tout le monde recherche. Comment pourrais-je le croire alors que le mien est prêt à littéralement me jeter aux loups ?

Martell me traîne dans un couloir sombre, et je frappe son bras, hurlant pour qu'il me libère, mais ma voix ne fait que résonner autour de nous. Il marche si vite que je trébuche dans les escaliers que nous montons, mes genoux se heurtent au bord tranchant, et la douleur remonte le long de mes jambes. Cet enfoiré ne s'arrête pas en dépit de mes cris.

Il y a quelques instants, nous étions dans le sous-sol sombre, mais maintenant une vive lumière me pique les yeux. Nous sommes debout sur le porche de sa maison. Dans la cour poussiéreuse se pressent près de cinquante membres de la meute, tous des hommes. Ils sont figés sur place, toute leur attention fixée sur moi.

Je m'étrangle à cette vue, je n'arrive plus à respirer.

Martell me pousse du plat de la main dans le dos, je bondis vers l'avant, mais me retiens avant de dévaler les marches. La faim dans leurs yeux dévore le moindre centimètre de mon corps. Martell m'empoigne les cheveux et s'avance pour se tenir à mes côtés, observant ses hommes.

— Comme je vous l'avais promis, j'ai ramené cette garce qui nous avait abandonnés, rugit-il.

Sauf qu'il ment, n'est-ce pas ? Il n'a sûrement pas raconté à sa meute qu'il m'a balancée du haut d'une falaise pour que je meure, parce qu'il sait qu'ils se retourneraient contre lui dans ce cas. Les femmes sont rares dans notre monde et la plupart des hommes ne trouveront jamais de compagne ni personne pour le rut. Ils ont beau nous détester, nous leur sommes nécessaires. S'ils découvrent qu'il a tenté de me tuer, cela se retournera contre lui.

De la même manière que le dernier Alpha des Loups de la Tempête a tué mon père, lui reprochant la fuite de ma mère.

Je jette un regard furieux à Martell. J'aurais été ravie

de hurler la vérité, mais je ne suis pas folle au point de penser que ces hommes me croiraient plutôt que lui.

— Narah a commis un crime, et pour cette raison, je l'ai rejetée en tant que mon âme sœur, croasse-t-il. Ainsi, vous pourrez bientôt la partager. Beaucoup trop d'entre vous sont privés d'une femme, et ceci est mon cadeau pour vous. Aucun homme ne devrait être privé d'un rut.

Les hommes sifflent et beuglent comme des animaux sauvages. J'ai envie de hurler et de m'enfuir de cette meute que je considérais autrefois comme ma maison. Cet endroit où j'ai grandi avec mes sœurs, où mes parents nous gardaient en sécurité.

Martell resserre sa prise, et je tire pour qu'il me lâche.

— Plutôt mourir, sifflé-je.

— Tu es bien trop précieuse pour mourir.

Il sourit en montrant ses dents.

Tremblante de rage, la bile me monte à la gorge devant son ton doucereux.

Un vent souffle sur moi, comme des mains invisibles qui me tirent les cheveux aussi fort que Martell, et le monde tourne autour de moi. Jetant un œil aux hommes affamés, j'ai la chair de poule, et un sentiment de défaite me submerge.

Il suffirait d'une poussée de Martell pour que je sois attaquée.

— Donne-la-nous, crie un grand homme avant de lécher ses lèvres gercées. Nous allons t'en débarrasser.

Instinctivement, je recule d'un pas.

Martell grogne, et un frisson de désespoir m'envahit. La transpiration coule dans mon dos, et un sentiment de frénésie coule dans mes veines. Je regarde Martell, l'implorant d'avoir pitié.

— Ne fais pas ça. Je peux t'être utile.

Le dégoût que j'éprouve à supplier ce monstre me donne la nausée, mais parfois, le désespoir rend faible. Même un serpent recule quand il est confronté au danger, attendant le bon moment pour frapper.

Les hommes se font plus bruyants, et je ne peux m'empêcher de trembler.

Je hais Martell… je le méprise. Il est l'incarnation même de la haine, et pourtant, en sa présence, une énergie impitoyable m'inonde, me rappelant que nous sommes des âmes sœurs.

Levant le menton vers ses hommes, il leur répond :

— Préparez-vous à une célébration ce soir. Elle vous appartiendra officiellement après une cérémonie.

Je tremble de partout et je me débats contre son emprise. Mon cœur bat la chamade, mes mains sont couvertes de sueur et la panique m'envahit. Cette espèce de malade m'a promise à sa meute, et ils en salivent. Je rejette la tête en arrière, j'ai besoin de sortir de là, de trouver une arme, n'importe quoi…

Des secondes passent, mais qui me paraissent des heures avant que Martell ne me fasse pivoter en me tirant les cheveux et me ramène dans la maison. Je ne ressens plus grand-chose, ni le fait de marcher, ni la douleur qu'il me cause. Je suis à deux doigts de me mettre à pleurer de manière incontrôlable, je ne sais pas combien de temps je pourrais encore tenir.

Ragnar. Dans ma tête, je lui hurle de venir me chercher, de massacrer Martell et sa meute.

Le sous-sol empeste l'humidité et la moisissure quand il ouvre la porte. Posant la main dans mon dos, il me pousse à l'intérieur et je trébuche en avant. Je tombe à genoux.

— Tu as raison, grogne-t-il dans mon dos d'une voix venimeuse. J'ai besoin de quelque chose de toi, si tu ne veux pas que mes hommes te déchirent ce soir, tu feras tout ce qu'elle dit.

Attendez ! Elle ?

Mon ventre se contracte à mesure que la panique enfle. Je tourne la tête pour me retrouver face à la porte, et une jeune femme, vêtue d'un pantalon d'équitation sombre et d'une veste boutonnée, entre dans le sous-sol. On ne peut pas passer à côté de la marque noire située au milieu de son front, qui la désigne comme sorcière, tout comme les autres que j'ai vues. Je ne sais ni qui elle est ni pourquoi elle est là, simplement que sa présence est synonyme de danger.

— Bonjour Narah, chantonne-t-elle avant de refermer la porte derrière elle, excluant Martell de la conversation.

— Qu'est-ce que tu veux ? sifflé-je à travers mes dents serrées.

CHAPITRE 2

RAGNAR

Il n'y a plus d'ennemis dans la forêt sombre. Ceux que j'ai trouvés sont morts, et je frémis de rage à l'idée qu'ils nous aient tendu une embuscade. Je suis un idiot d'avoir baissé ma garde... tellement stupide.

La nuit m'entoure, les grands arbres disparaissent dans l'obscurité, et tout est mortellement immobile, comme si je me trouvais dans un trou noir. La situation s'est rapidement aggravée et nous a pris au dépourvu. Les loups sont sortis de l'ombre, ils étaient trois fois plus nombreux que nous, mais nous nous sommes changés en monstres, les abattant tous. Mais ce n'était pas suffisant. Ils n'étaient qu'un leurre pour ce qu'ils voulaient vraiment.

Ma Narah.

La peur s'empare de ma poitrine, et les ténèbres se glissent sous ma peau.

Captant un soupçon de son parfum, le parfum le

plus délicieux que j'ai jamais senti, je tourne brusquement à droite. Elle disparaît rapidement. Bon sang ! Je renifle d'autres loups qui sont passés par ici, tous des hommes, mais l'odeur persiste à peine dans le vent léger, engloutie par la puanteur du sang des morts.

La première fois que Narah m'a abordé dans un bar pour me demander de retrouver ses sœurs, je me suis perdu en elle. J'ai réalisé plus tard que j'étais tombé amoureux d'elle, et maintenant je me retrouve avec des fragments brisés de souvenirs d'elle, des moments passés ensemble, gravés dans mon âme.

Quand je l'ai prise dans les bois, que je l'ai marquée, que j'ai fait en sorte que sa louve oublie son âme sœur, j'aurais dû savoir qu'une seule fois avec elle ne me suffirait pas. Que peu importe ce que je me racontais, je ne serais pas satisfait tant que je ne l'aurais pas faite mienne. Je meurs d'envie d'embrasser ses lèvres pleines, de lécher la courbure de son cou, caresser ses seins et le feu entre ses cuisses.

Respirant difficilement, je fais le tour de la maison en suivant les odeurs, et me retrouve devant le cadavre sur le chemin abîmé. La mère de Narah n'a jamais eu la moindre chance face aux loups. Elle a eu la gorge arrachée, sa vie lui a été volée. La plaie béante sur son cou saigne encore, des ruisseaux de sang sombre coulent sur les côtés de sa gorge et imprègnent le sol. Elle sent déjà la mort. Combien de temps avant qu'elle ne se transforme en mort-vivant ?

Ils voulaient qu'elle soit écartée du chemin pour

récupérer Narah, ils voulaient éradiquer le danger représenté par sa magie.

Plus je contemple son corps sans vie, plus les souvenirs des batailles féroces que j'ai menées me reviennent. Le sang qui éclaboussait mon visage quand je mettais l'ennemi en pièces, les cris et les supplications assourdissantes. Mon corps se raidit d'une manière étrange. Jamais auparavant ces batailles ne m'avaient perturbé. Je tuais, et je passais à autre chose. La mort a toujours fait partie de ma vie, un moment dans le temps où une âme s'éteint.

La mort, c'est la vie.

Ce sont des mots qui ont guidé la vie de mon père, et celle de son père, et ainsi de suite. Dès mon plus jeune âge, il m'a appris que lorsqu'on part au combat, il faut le faire comme si l'on était déjà mort, de sorte de n'avoir rien à craindre. Dans l'au-delà, on rejoint ceux qui sont partis trop tôt, et l'on part au combat avec une férocité vaillante.

Pourtant, plus je fixe la femme à mes pieds, plus je vois Narah sur le sol, tordue et brisée. Est-ce que c'est elle, ailleurs ?

Quelque chose me tenaille le cœur.

Un froid remonte le long de ma colonne vertébrale et je frissonne.

Nous n'étions pas préparés.

Nous nous sommes laissés distraire.

Nous aurions dû nous montrer plus clairvoyants.

Merde !

Des bruits de pas se rapprochent derrière moi et je

lève les yeux sur Stone qui traverse la forêt sombre et vient dans ma direction. Derrière lui, le sol est jonché de loups morts. Nikos et Crius passent en revue les corps pour voir si certains des ennemis sont encore en vie. Nous avons perdu le contrôle. Je me suis perdu dans ma rage, alors que nous aurions dû garder un homme en vie pour découvrir où ils l'avaient emmenée.

— Des nouvelles de Narah ? demandé-je, espérant qu'il ait trouvé quelque chose.

Il secoue la tête. Il est très pâle, du sang macule son front, et des gouttes s'écoulent de la longue égratignure sur son cou, ce qui en dit long. Une douleur profonde et déstabilisante se presse dans ma cage thoracique.

— Elle a disparu, grogne-t-il. Ces enfoirés nous l'ont volée.

Ses épaules se redressent et il est prêt à perdre à nouveau les pédales… Comme nous tous. Personne n'a le droit de nous prendre quoi que ce soit.

J'ai si peur pour sa vie que l'angoisse m'envahit, m'étouffe. Qu'elle ait été enlevée me submerge d'émotions que je ne pensais pas ressentir pour elle. Son odeur, le son de son rire, la douceur de son corps contre le mien me manquent, creusant le vide que j'ai dans la poitrine. Même respirer m'est douloureux. Au cours des dernières semaines, elle s'est ancrée dans nos vies. Étouffant de frustration, je soupire bruyamment.

Stone contracte la mâchoire, agité.

— Nous la retrouverons, lui dis-je. Je mettrais le feu à tout ce maudit monde pour la trouver s'il le faut.

Mes mains se transforment en pattes de loup, la

fourrure blanche se précipite sur mes bras, et dans un geste désespéré, mes griffes s'étendent. Je réfrène le reste de la transformation, sachant que je dois avoir toute ma tête, et ne pas m'abandonner à mon loup. J'ai l'envie désespérée de foncer dans les bois pour la chercher comme un dingue, mais à quoi bon ?

— Fais un autre tour dans les bois. Si quelqu'un se met en travers de ton chemin, élimine-le, braillé-je.

Je secoue les bras et mon loup se rétracte.

— Il y a des odeurs partout, constate-t-il, mais je le sais déjà. C'est le sang qu'il y a partout qui nous fait perdre leur trace.

— Ça ne suffit pas, grogné-je. Trouve-les.

Sans un mot de plus, Stone tourne les talons et repart dans les bois, aboyant l'ordre aux deux autres hommes.

Parcourant le terrain, j'arpente la piste usée et passe devant la maison qui, je le suppose, appartient à la mère de Narah. Alors, où est mon petit renard ? Je ne sens son doux parfum nulle part. Seule l'odeur âcre de la magie de la mère de Narah, du sang et des autres loups emplit mes narines. Je sais que Narah n'est pas là, mais je cherche un indice sur la direction qu'ils ont prise.

Une fois encore, je me remets à courir, balayant plus largement le terrain en pente. Le village des Monts des Loups se trouve sur le flanc d'une montagne, et je m'arrête lorsque j'aperçois le paysage ouvert au pied de la montée.

Il n'y a aucun mouvement sous la surveillance de la

lune. Aucune trace de ces enfoirés qui s'échapperaient avec Narah. Rien en vue, putain.

Un sentiment indésirable se déploie en moi : la panique à l'idée que nous l'ayons perdue.

Basculant la tête en arrière, je laisse échapper un hurlement déchirant, promettant la mort à quiconque croisera mon chemin et prendra ce qui m'appartient.

La dernière fois que nous nous sommes parlé, c'était pour nous disputer au sujet du fait qu'elle se tapait mes hommes et qu'elle était à moi. Aujourd'hui, cette dispute m'étrangle littéralement. La rétrospection, c'est une vacherie. Je lui donnerais tout ce qu'elle désire pour la récupérer, pour qu'elle soit en sécurité à mes côtés.

Je suis le chemin jusqu'à l'entrée des Monts des Loups et en reviens les mains vides, alors j'accélère le pas. Au fond de mes tripes, je sais que nous n'avons pas affaire à n'importe quels loups qui nous auraient attaqués pour voler une femme en vue d'un rut. C'était une embuscade organisée, et tout désigne les Loups de la Tempête.

Apparemment, le compagnon de Narah n'a pas reçu le message lui disant qu'elle était à nous. Nous avons massacré ses hommes, et cet enfoiré est revenu.

Je pars à toute allure dans les bois, courant au rythme des battements affolés de mon cœur, grognant à chaque inspiration lourde. Je ne sais pas pendant combien de temps nous fouillons dans les bois, nous frayant un chemin dans la forêt en essayant de trouver quelque chose qui pourrait nous dire dans quelle direction ils sont allés. Mais en vain. Serrant les dents, j'arrive à court d'idées, et la panique envahit ma poitrine. Nous n'avons aucune piste, aucune direction à suivre.

— Bon sang, où pourrait-elle bien être ? rugit Nikos.

Il a les bras raidis sur les côtés, et il tremble d'une fureur qui se lit dans ses yeux.

— Les Loups de la Tempête l'ont emmenée, annonce Crius en faisant craquer son cou pendant qu'il nous rejoint. J'en suis certain.

— Alors on part en chasse, annonce Stone dont la voix s'est assombrie, la rage tordant ses traits. Il sait aussi bien que moi que Narah est dans la merde, et que plus longtemps elle sera portée disparue, plus il y a de chances que ce salaud la tue.

Stone dégage de la chaleur.

— Et dans quelle direction ? demande Nikos d'un ton sec. On va tourner en rond.

La frustration m'envahit.

— On ne peut pas continuer à tourner en rond comme ça. Nous devrions peut-être nous séparer. D'abord, il faut qu'on place rapidement le corps de la sorcière dans la maison avant qu'elle ne se transforme en mort-vivant et ne se déchaîne sur les habitants du coin. Nous allons l'attacher. Je suis peut-être un salaud, mais je ne lâcherai pas un mort-vivant sur le village local.

— Elle mérite d'être incinérée. Elle nous a tués pour lever cette malédiction et nous a distraits, grommelle Crius à mi-voix.

— Calme-toi, dis-je d'une voix plus basse. Finissons-en avec ça, puis nous pourrons partir.

Rapidement, nous récupérons la sorcière et la portons dans la maison. Je ne peux que supposer que c'est la sienne, étant donné que la rivière où elle a levé la malédiction qui pesait sur nous court derrière.

— Elle n'a toujours pas opéré de changement. C'est étrange, non ? déclare Nikos d'un ton lourd, plus intrigué qu'effrayé.

Stone et Crius la portent, avançant sur le chemin en direction de sa maison.

— Alors peut-être devrais-tu la porter ? râle Stone.

— Tu te débrouilles bien, réplique Nikos. Je trouve juste bizarre qu'elle ne soit pas encore devenue toute zombifiée.

— Je parie qu'elle s'est jeté suffisamment de sorts pour éviter que cela lui arrive, grommelle Crius. Que se passe-t-il si une puissante sorcière revient d'entre les morts, de toute façon ? Je veux dire, avez-vous déjà vu des sorcières zombies ?

— Comment pourrions-nous savoir si c'étaient des sorcières autrefois ? interroge Stone.

— Contentez-vous de vous magner, dis-je.

— Oui, ajoute Stone. Je n'ai aucune envie qu'elle se réveille brusquement et qu'elle me morde les parties.

Crius ricane en voyant qu'il lui tient les pieds.

Je les devance et ouvre la porte d'entrée du chalet en bois. C'est un endroit pittoresque, à un étage, fait de rondins sombres. Des rideaux blancs ornent les fenêtres et il y a une petite cheminée. Il y a d'autres maisons dans ces bois, mais celle-ci est particulièrement isolée. En pénétrant dans la petite entrée, on voit des bottes alignées sur une petite étagère en bois et des manteaux suspendus à des crochets sur le mur.

Stone ouvre la porte suivante, passe sa tête à l'intérieur et émet un sifflement. Il nous regarde par-dessus son épaule, le nez retroussé.

— Il y a quelque chose qui pue. C'est horrible.

Je passe devant les gars, et une intense odeur de décomposition me frappe de plein fouet.

Bon sang, mais qu'est-ce que la sorcière pouvait bien manigancer ? Allie, la mère de Narah, ressemblait à n'importe quel loup métamorphe normal lorsque je l'ai rencontrée en ville, méfiante, mais pas menaçante. À présent, je soupçonne qu'il y a beaucoup de choses que nous ignorons au sujet de la mère de Narah.

Au-delà de la porte, il y a une grande pièce avec un four à gaz et un comptoir en bois contre le mur à droite, puis un foyer agréable, où les flammes vacillent et crépitent. La cheminée illumine la pièce, projetant des ombres sur les murs en bois, et quelque chose attire mon attention. Quelqu'un est assis sur le canapé, dos à nous.

Je me raidis, puis je jette un coup d'œil par-dessus mon épaule à mes hommes et je murmure : — Nous ne sommes pas seuls. Posez-la et restez sur vos gardes. Nikos, avec moi. Lui et moi entrons dans la pièce.

— Bonjour, dis-je tout fort, irrité.

Je n'ai pas envie de m'occuper de ça maintenant, mais je dois m'assurer que c'est bien la maison d'Allie avant d'y laisser son cadavre. Comme je ne reçois pas de réponse, et qu'il n'y a aucun mouvement, j'échange un regard avec mon commandant en second. Il hausse les épaules et élève la voix avec confiance.

— Qui êtes-vous ? Nous sommes porteurs de mauvaises nouvelles concernant la sorcière qui, selon nous, vivait ici.

Stone a des haut-le-cœur à cause de la puanteur mais tient bon.

Le silence nous répond. J'ai comme des frissons : quelque chose cloche.

Comme je n'ai pas de patience pour cela, je fais un signe de la main à Nikos pour qu'il contourne le canapé sur sa gauche, et j'irai à droite. Nous avançons rapidement et faisons le tour pour nous retrouver face au canapé, et je m'arrête devant la vue qui s'offre à nous. Un homme mort-vivant, aux joues creusées, des ombres noires sous ses grands yeux, avec des lèvres si fines qu'elles sont quasi inexistantes et un corps si maigre que ses vêtements pendent sur ses os, est calé dans le siège comme s'il était chez lui. Ses cheveux blancs sont plaqués sur le côté, comme si quelqu'un avait pris la peine de les brosser.

Il regarde fixement le feu, sans faire attention à nous.

J'ai la chair de poule à cette vue.

— C'est quoi ce bordel ? grommelle Nikos.

— Il n'est pas enchaîné.

— Il s'est peut-être traîné jusqu'ici, ajoute Nikos.

— Et quoi ? Il a décidé de rester au chaud près du feu ? Pourquoi ne nous attaque-t-il pas ?

— Je vais arranger ça.

Nikos tire une lame de sa ceinture, fait plusieurs pas en avant et lui plaque une main sur la gorge, le clouant sur place pour éviter d'être mordu. La créature ne lutte pas contre lui, n'a pas le moindre tressaillement. Ces êtres sont tout sauf dociles. Ils attaquent tout ce qui bouge, ce sont des monstres voraces qui tuent tout et infectent ceux qu'ils mordent.

Sauf celui-ci.

Bizarrement, l'homme lève les yeux vers Nikos, et je suis peut-être dingue, mais je vois de la vie au fond d'eux.

De la sympathie.

Sa bouche s'ouvre, émettant un gargouillis.

Nikos lève sa lame.

— Ça suffit.

— A-Allie, gargouille-t-il.

— Arrête !

Je plonge et attrape le bras de Nikos au moment où il l'abat vers le visage de l'homme.

— Quelque chose ne va pas.

— Sans déconner ! grogne-t-il.

— Non, il vient juste de prononcer le nom de la sorcière. As-tu déjà entendu un mort-vivant parler ?

Nikos me regarde en clignant des yeux, puis fixe l'homme qu'il tient par la gorge.

— A-llieeee, gémit l'homme, l'air presque endeuillé.

Une idée me vient soudain : simplement observer sa réaction s'il la voit.

— Amenez la sorcière ici, ordonné-je. Placez-la devant lui.

Nikos tient toujours l'homme par le cou, bloqué sur le canapé, et se penche en avant.

— Qu'est-ce qui ne va pas chez toi ?

— A-Allieeee.

— Il est cassé, lance Nikos. Je veux dire, elle faisait quoi, la sorcière ? Elle lui a jeté un sort pour qu'il ne se déchaîne pas sur elle ?

— Peut-être qu'elle était en train de travailler sur un moyen de les combattre, ajoute Crius qui arrive à l'intérieur, portant la sorcière avec l'aide de Stone.

Il n'a pas tort. Quelle autre explication y aurait-il ?

Alors qu'ils déposent la sorcière sur le tapis gris devant le canapé, la lumière du feu danse sur son corps mou, illuminant le sang sur sa joue et son cou. Sa peau a déjà pâli. N'importe qui d'autre se serait déjà relevé.

Avec quoi as-tu joué, sorcière ?

— A-llieeee, crie l'homme, les bras tendus vers elle.

— Bon sang, mais qu'est-ce qu'il fait ? demande Stone.

— Il la pleure ? suggère Crius.

— Laisse-le faire, dis-je.

— Tu es sûr ? m'interroge Nikos d'une voix ferme.

— On est à quatre contre un. On peut lutter contre un seul mort-vivant s'il se retourne contre nous.

En un éclair, Nikos retire sa main du cou du zombie et saute loin du canapé.

Crius ricane tout bas.

L'homme se hisse hors du canapé avec une vitesse inattendue, et je pose la main sur mon couteau. Une seule morsure suffit pour se transformer en l'une de ces créatures pathétiques.

À genoux, il se penche sur le corps de la sorcière, les crêtes osseuses de sa colonne vertébrale poussant contre sa chemise comme un pont arqué, et lui tapote le ventre.

J'échange des regards inquiets avec Nikos.

— Est-ce qu'il va la manger ?

Il hausse un sourcil.

— Je pourrais parier là-dessus, balance Crius.

L'homme tire sur ses vêtements comme s'il creusait pour trouver un trésor, sa bouche émettant des bruits de succion qui me donnent la nausée.

— Très bien, ça suffit, ordonné-je.

— Merde, je n'ai aucune envie de le voir se nourrir d'un cadavre. Éloignez-la de lui, crie Stone.

Nikos et moi nous précipitons et saisissons le mort-vivant par les épaules, le faisant reculer, mais sa force est extraordinaire et il résiste. En l'écartant partiellement de la femme, je vois qu'il s'agrippe à une fiole qui sort à moitié de sa poche. Il n'y a pas de sang, il n'est pas en train de dévorer ni de déchirer sa chair.

— Stone ! aboyé-je. Ramène ton cul par ici. En quelques secondes, il est à mes côtés.

— Prends la fiole dans sa poche.

Il se déplace à la vitesse de l'éclair et l'homme se lance à la poursuite de Stone, tendant vers lui sa main osseuse. Stone recule, son dos heurte le mur.

— Donne-la-lui, lui ordonné-je, et il la lui jette pratiquement à la figure.

Le zombie arrache le petit récipient en verre d'une main tremblante. En forme de cylindre, il est rempli de ce qui ressemble à du sang, et l'homme fait claquer ses lèvres, ce qui me donne la chair de poule. Il n'y a pas grand-chose qui m'effraie, mais ces créatures me donnent la nausée.

Nous restons autour de lui, l'observant s'agenouiller, retirer le bouchon et coller la fiole sur ses lèvres. Il aspire bruyamment le contenu qui s'engouffre dans sa bouche. Les yeux fermés, il a un mouvement de recul, tape la base de la fiole avec son autre main tandis que sa langue s'enfonce dans le récipient en verre, léchant les bords.

Stone a un énorme haut-le-cœur, et mes poils se dressent sur mes bras.

Une odeur acide de magie se répand autour de moi, émanant de l'homme. C'est quelque chose de sombre, d'inhumain, de puissant.

La fiole lui échappe et tombe sur le tapis, rebondissant sur plusieurs mètres vers les bottes de Stone avant de s'arrêter. Lorsque le zombie cambre sa poitrine en avant, ses os craquent et tout son corps se contorsionne.

Nikos halète, faisant un pas en arrière.

— Est-ce qu'on le tue maintenant ? grogne-t-il.

— Pas encore. J'ai besoin de comprendre ce qui se passe. Nous savons si peu de choses sur les zombies, en dehors de la manière de les tuer. Et si Allie avait appris quelque chose au sujet de ces abominations de notre monde ? Peut-être la manière de les arrêter ou les maîtriser ? Ou mieux encore, celle de les contrôler.

— Reculez, demandé-je à mes hommes alors que l'homme se débat et grogne. Son visage ne semble pas naturel, et quand sa tête se relève d'un coup sec, je remarque qu'il est en train de changer. Ses joues creuses se gonflent, sa peau bleue pâteuse s'éclaircit pour devenir rose, les lèvres se remplissent et son corps grandit, remplissant ses vêtements.

— Mais qu'est-ce que je regarde, bordel? murmure Crius, la voix tremblante.

Rien n'arrive à l'effrayer, en dehors de sa propre vie, c'est donc une nouveauté.

— Il revient à la vie, constate Nikos d'un ton neutre, même si nous ne sommes pas certains de ce qui se passe.

En quelques instants, la posture de l'homme se redresse, son menton se soulève et il cligne des yeux Je pourrais presque croire qu'il pourrait être vivant. Presque. Il tourne vers chacun de nous ses yeux noisette dorée, fronçant les sourcils, et semble légèrement perplexe. Il reporte son attention sur Allie, puis revient sur moi. Il n'y a ni chagrin ni douleur sur ses traits. C'est une statue, vide d'émotions. Il n'y a rien au fond de son regard, rien qu'un vaisseau sans âme.

— Êtes-vous ici pour aider ma femme? Elle doit continuer à me nourrir, dit-il platement, sa langue glissant pour lécher une goutte de sang sur sa lèvre.

Sa voix est dépourvue de tout sentiment.

— Attendez, putain! balance Nikos. Cet homme, ce zombie, est le mari d'Allie? Est-ce que ça veut dire...

Il me regarde fixement, déconcerté.

— Est-ce que c'est le père de Narah ?

— Impossible, murmure Stone. Narah n'a-t-elle pas dit que son père avait été tué et qu'elle l'avait enterré sur les terres de son ancienne meute ?

— C'est ce que je croyais.

Pourtant, je me hérisse à la vue de l'homme mort-vivant, qui apparaît et parle comme un homme normal. Il nous regarde fixement, attendant une réponse.

Une réponse que nous n'avons pas.

Mes hommes sont silencieux, ce qui n'arrive jamais, et qui prouve à quel point la situation est merdique.

CHAPITRE 3

NARAH

La peur est toxique.

Elle fait de vous son esclave… C'est une chose avec laquelle j'ai vécu toute ma vie, et je déteste ça.

Alors autant que possible, je refuserai de montrer à cette sorcière que j'ai peur. En grandissant, mon père m'a montré des jeux de cartes qui demandaient de bluffer, compétence que je maîtrise depuis que j'ai quitté les Loups de la Tempête. Quand je lève les yeux sur la sorcière dans le sous-sol de Martell, je ne lui montre rien.

— Qu'est-ce que tu veux ? demandé-je d'une voix ferme.

La femme aux cheveux bruns profonds repoussés derrière ses oreilles me fixe, son regard pâle est intense. Elle a des traits délicats, un petit menton et un petit nez, et même ses oreilles sont minuscules. On lui prêterait presque l'air innocent, ce qui n'est pas logique. À moins qu'elle ne soit une autre des otages de la Grande Prêtresse. Cela ne m'étonnerait pas que Lyra ait maudit toute l'assemblée qu'elle dirige, tout comme elle l'a fait pour ma sœur.

— Je n'en ai peut-être pas l'air, mais je peux t'aider, Narah, murmure-t-elle.

Son regard se déplace frénétiquement dans le sous-sol, puis se pose sur la porte avant de revenir dans ma direction.

— Je ne suis pas née de la dernière pluie, ricané-je, croisant les bras, debout en culotte et soutien-gorge. Que veux-tu vraiment ?

Brusquement, elle me passe devant. Je tressaille et regrette d'avoir si visiblement sursauté, mais cette femme, qui doit être âgée d'une vingtaine d'années, voire un peu moins, ne le remarque pas. Pourquoi Lyra l'aurait-elle envoyée ? Elle doit avoir des pouvoirs extra-ordinaires.

À plusieurs mètres de moi, elle ramasse sur le sol les bouts de tissu bleu qui me servaient autrefois de robe, arrachée par Martell. Je grimace en repensant à la manière dont il m'a traitée, et à sa promesse de me jeter à ses hommes. La mâchoire contractée, je voudrais lui faire implorer ma pitié pour toutes les choses qu'il m'a faites. Ensuite, je le pousserai du bord d'une falaise.

Le faible son des murmures de la sorcière me distrait. Je me lèche les lèvres, puis la morsure de la magie court le long de mes bras. Laissant échapper un souffle rauque, je m'écarte d'elle, glissant vers la porte.

Je refuse de finir comme Kaira, la marionnette de la Grande Prêtresse.

Quand la sorcière se tourne pour me faire face, tout mon corps se tend. Je m'attends à ce qu'un torrent de magie se déverse sur moi. Au lieu de cela, elle tient ma robe, qui n'est plus en lambeaux mais entière comme si elle était toute neuve. Confuse, je cligne des yeux en scrutant mon vêtement, avant de reporter mon regard sur elle.

— Je m'appelle Piper, annonce-t-elle, et sa mâchoire se contracte tandis qu'elle s'avance vers moi pour poser ma robe dans mes mains. Fais vite, nous n'avons pas beaucoup de temps.

Elle tend la main vers la porte, et une étincelle d'électricité se dirige vers l'entrée, se répandant sur l'encadrement de la porte.

— Qu'est-ce que tu viens de faire ? haleté-je en me glissant dans ma robe.

Je ne sais pas ce que cette sorcière prépare, mais quoi que ce soit, je préfère ne pas l'affronter à moitié nue.

— Je l'ai scellée de sorte que personne ne puisse nous entendre ou faire irruption ici. Tu vas devoir me faire confiance, Narah.

— Est-ce que tu es dingue ? demandé-je avant d'éclater d'un rire forcé. Est-ce que tu t'écoutes, au moins ? Dis-moi ce que tu veux, ou plutôt ce que Lyra veut.

Un bruit sourd et rythmé martèle mes temps, et ma migraine monte.

Elle pince les lèvres, et je remarque le tic nerveux de

sa mâchoire. De quoi a-t-elle peur ? Cette fille porte un pouvoir en elle, elle n'a aucune raison de craindre les loups.

— Tu as raison. Je suis ici sur ordre de Lyra. Tu ne me connais pas, mais je connais ta sœur, Kaira. Je me suis occupée d'elle quand elle est arrivée à l'assemblée. C'était une fille perdue, terrifiée, et qui n'arrêtait pas de réclamer après toi et Jae.

Mes forces vacillent en comprenant la terreur que Kaira a dû affronter après que nous ayons fui la meute des Loups de la Tempête.

— Quand Lyra l'a trouvée, elle se faisait attaquer par deux loups Alphas errants près de notre forêt.

Elle s'interrompt, comme si c'était douloureux pour elle d'en parler, mais sans jamais détourner le regard. Je vois de la force dans ses yeux, comme si elle avait vu assez d'horreurs dans ce monde, et qu'elle avait appris à engourdir la douleur.

— Ils l'ont abandonnée dans un sale état, Narah. Sans l'aide de Lyra, elle serait morte à l'heure qu'il est. Elle a sauvé ta sœur et l'a amenée à notre assemblée.

Je suis incapable de trouver les mots pour dire quoi que ce soit car mon esprit a du mal à intégrer ce que je viens d'entendre. Ma tête se remplit d'images de ma sœur attaquée, maltraitée, déchirée… Je hoquette, et les larmes me montent aux yeux.

— Est-ce… Est-ce qu'ils l'ont violée ? demandé-je doucement, et ces mots me donnent l'impression d'avoir des barbelés dans la gorge.

Elle secoue la tête.

— Non, mais ils l'ont mutilée et déshabillée. Lyra l'a trouvée juste à temps.

Je tremble de tout mon corps, j'aurais voulu que tout cela ne soit qu'un horrible cauchemar. Mes jambes faiblissent sous moi, et je tombe à genoux sur le sol. Je n'arrive pas à me sortir de la tête l'image de la peur qu'elle a dû ressentir, et le fait que je n'ai pas été capable de la sauver de ce traumatisme.

Piper dit quelque chose, et je réalise que je n'ai pas écouté pendant que je luttais pour me ressaisir.

— Je suis désolée, dit-elle soudainement. J'ai passé beaucoup de temps avec elle, pour l'aider à guérir, et elle a beaucoup parlé de toi et de Jae.

— Pourtant, Lyra lui a jeté un sort pour la retenir prisonnière, réponds-je avec colère.

Piper ne répond pas immédiatement.

— J'ai tout fait pour venir en aide à Kaira, mais je suis sous surveillance permanente à l'assemblée. Lyra a conscience qu'une magie puissante coule dans les veines de ta sœur, le genre qui lui fait peur.

Je cille en la regardant.

— Que veut-elle de nous ?

La colère mijote dans mes tripes. Nos vies sont brisées et entachées parce que tout le monde veut quelque chose de nous. Pour les loups, nous sommes des objets à posséder, et pour les sorcières, une source de pouvoir. Même mes parents nous ont menti.

— Elle vous veut toutes mortes, idiote, répond-elle sèchement, comme si j'étais censée le savoir. Lyra insiste sur le fait que vous êtes des sorcières différentes. La seule raison pour laquelle elle t'a laissée repartir de l'assemblée, c'était parce qu'elle avait besoin de toi pour retrouver ta mère et la détruire elle aussi.

Je suis prise de frissons. Je suis submergée de nouvelles qui ne devraient pas me surprendre, et pourtant, elles m'accablent. Je me lève d'un bon et m'éloigne d'elle.

— Je sais que Martell a tué ta mère, admet-elle. Mais ce n'est pas le cas de Lyra. Elle le découvrira bientôt.

Je tourne les talons et lui fais face.

— Pourquoi me dis-tu cela ? Pour te sentir mieux quand tu nous livreras ? Si tu as l'intention de faire quelque chose, vas-y, exigé-je, luttant en vain contre la panique qui menace de m'engloutir.

Elle affiche une expression étrange et son visage pâlit.

— Tu n'as pas idée des ennuis que je vais avoir.

Elle joue avec ses mains, les tord.

— Ma mission ici est de faire semblant de lancer un sort de protection autour du camp des Loups de la Tempête contre les morts-vivants qui migrent vers le nord. C'est leur récompense apparente pour leur allégeance à Lyra. Sauf qu'en réalité, il n'existe aucun sort capable d'une telle chose. Mais les loups n'ont pas besoin de le savoir.

Que veut-elle que je dise ?

— Je ne vais pas te dénoncer à Lyra, dit-elle finalement, rompant le silence.

— Pourquoi ? Qu'est-ce que ça te rapporte ?

— C'est mon unique chance d'échapper à l'assemblée.

Je la regarde attentivement, prêtant attention à son expression apeurée.

— Tu fuis l'assemblée ? Mais qu'en est-il de Lyra et...

— Qu'elle aille se faire voir ! Il y a des choses plus importantes dans la vie.

Elle pose une main sur son ventre, le frottant doucement, et je vois la petite bosse qui s'y est formée.

— Je suis...

— Tu es enceinte ?

Je ne lui laisse pas l'occasion de le dire. Les seules femmes enceintes que j'ai vues sont celles qui appartiennent à des Alphas, qui sont élevées et gardées sous étroite surveillance. Elles font leur nid en prévision de la naissance, gardées par les hommes.

— Le père est un loup métamorphe, murmure-t-elle. Je l'ai rencontré lors d'une mission qui n'aurait jamais dû avoir lieu. Je connaissais à peine ce crétin, mais il m'a offert une chose que je chéris, et il a promis d'aider à élever notre bébé. Si je reste avec l'assemblée, Lyra fera tuer l'enfant. Tout ce qui souille le sang pur des sorcières est détruit.

Elle secoue la tête, le menton tremblant.

— Je ne lui en laisserai pas l'occasion.

— Je suis désolée.

Je fais un pas en avant, mais elle recule loin de moi.

— Je ne cherche pas à obtenir ta pitié. Je t'offre une chance de t'échapper parce que j'aime bien ta sœur. Promets-moi juste que tu la libéreras du sort de Lyra avant qu'il ne soit trop tard. Elle ne tiendra pas beaucoup plus longtemps.

— Bien sûr.

Je reste inébranlable, même si ma tête oscille.

— Lyra va devenir folle quand elle apprendra que tu as échappé aux griffes de Martell, et quand lui découvrira que sa meute n'est pas protégée des zombies, il se retournera contre les sorcières. Laisse-les se battre. Cela me laissera plus de temps pour me tirer d'ici et m'éloigner de la guerre qui se profile dans le secteur Sauvage.

Pourrais-je lui en vouloir de ça ? Je ferais tout pour mes sœurs, tout comme elle le ferait pour son enfant à naître. Nous sommes peut-être ennemies, mais notre désespoir de survivre nous profite à toutes les deux.

— Tu dois partir. Nous avons perdu assez de temps. Il va falloir que tu coures plus vite que tu ne l'as jamais fait auparavant.

— D'accord. Comment on procède ? Je suis prête à sortir d'ici, à retrouver mes sœurs, à rechercher Ragnar et ses hommes… à survivre.

— Il va y avoir une explosion près de ce bâtiment. Quand ça arrivera, enfuis-toi d'ici, compris ? Ne t'arrête pas, fuis le plus loin possible des loups.

— Compris, murmuré-je alors que la panique m'étreint la poitrine, me rappelant ce qui est en jeu si cela échoue.

Piper hoche brièvement la tête et traverse la pièce à grandes enjambées en direction de la porte.

— Merci ! lui crié-je.

Elle me jette un regard par-dessus son épaule.

— C'est pour moi que je le fais, et tu en bénéficies.

— Je sais, dis-je à contrecœur. Merci d'avoir aidé Kaira.

Elle m'adresse un sourire crispé, puis retire le sort de la porte avant de me laisser enfermée dans le sous-sol.

Je fais les cent pas, en essayant de comprendre ce qu'elle a dit. Repoussant la peur, je dois m'obliger à croire que c'est réel, et pas une sale blague.

Je n'ai pas de pouvoir.

Ma mère est morte.

Ragnar et ses hommes n'auront aucune idée de l'endroit où je me trouve.

Je suis dans la pire des situations, et m'accroche à l'espoir que l'offre de Piper est sincère.

Boum !

La force de l'explosion soudaine me saisit, me déséquilibre et je tombe sur le côté. La pièce tremble, la poussière retombe en pluie. Je me recroqueville au sol, me couvrant la tête de mes mains. Merde ! Piper ne plaisantait pas.

Boum !

Tout tremble plus fort, et l'un des murs du sous-sol s'effondre, emportant avec lui une partie du plafond.

En hurlant, je m'éloigne de l'énorme panache de poussière, mais j'en aspire et je m'étouffe. Je me couvre la bouche et le nez pour me protéger de la brûlure à chaque respiration, mais la lumière se déverse à travers le nuage de débris, m'offrant un nouvel espoir.

C'est pour moi l'occasion de m'échapper avant d'être enterrée vivante.

Le bâtiment grince et gémit. Je ne resterai pas debout bien longtemps. Je me lève et m'élance, grimpant à toute vitesse sur le mur effondré et les pierres cassées. La poussière me fait pleurer. Par un pur miracle, je me retrouve dehors, où les membres de la meute courent en tous sens. Il me faut quelques secondes pour m'orienter, pour savoir exactement où je me trouve dans l'enceinte.

Je tourne à gauche et m'éloigne du chaos en sprintant. Je cours à l'aveugle à travers un jardin potager, et repère la clôture métallique devant moi : mon salut. Mon cœur s'emballe.

Je jette un coup d'œil par-dessus mon épaule, et vois des membres de la meute se bousculer pendant que d'autres hurlent. Personne ne me remarque, alors je cours pour m'échapper par l'ouverture de la clôture, la même que celle que j'ai utilisée pour quitter la meute la première nuit.

À mi-voix, je fais le serment que la prochaine fois que je verrai Martell, ce sera pour le détruire.

CHAPITRE 4

NIKOS

C'est complètement tordu ! grogné-je, serrant les poings.

Ragnar jette un regard noir au zombie. Nous l'avons tous regardé se transformer de mort-vivant en… peu importe ce qu'il est maintenant. Semi-mort ? Est-ce que ça existe ? En plus de cela, il pourrait être le père de Narah, ce qui me fait tourner la tête.

— Merde, mec, c'est vraiment tordu !

Je tourne les yeux vers Stone qui se dirige vers l'homme assis sur le canapé. Il s'accroupit devant le mort-vivant, en arborant son expression stoïque. C'est toujours lui le plus logique de nous quatre.

— Je m'appelle Stone. Dis-moi, qu'est-ce que tu viens de boire dans la fiole ? Un sort pour te ramener à la vie ?

Je lève les yeux au ciel.

— Est-ce que tu es aveugle ? Il est toujours mort. Regarde-le.

— Nikos n'a pas tort.

Crius regarde l'homme qui a peut-être grossi et repris des couleurs sur la peau, mais les réparations et le rafistolage d'un cadavre sont limités pour pouvoir le faire passer pour un vivant. Quelle que soit la magie utilisée par Allie, elle n'était pas assez puissante pour aller jusqu'au bout. Un des côtés de son visage s'affaisse, sa peau est tachée, il manque des morceaux de chair sur ses bras, dévoilant des zones pourries, et il n'a qu'une seule oreille.

Contractant la mâchoire, Stone jette un regard dans ma direction, l'air de dire « *Mais ferme-la !* ».

— Je ne suis pas vivant, affirme l'homme d'un ton terre à terre. Je sais que je n'ai pas de cœur qui bat et que je ne conserve que des bribes de mes souvenirs. Allie m'a expliqué toutes ces choses. Elle me nourrit de potions pour inverser l'effet du virus dans mon corps, mais je ne pourrai plus jamais être un véritable être humain.

Il affiche un sourire maladroit et glauque qui dévoile ses dents, mais il y a une vulnérabilité en lui qui me remplit de pitié. J'ai du mal à ignorer cette voix dans ma tête quand je retrouve Narah dans son visage. Ils ont des structures osseuses faciales similaires.

Quand je l'imagine s'effondrer en découvrant son père comme ça, mes tripes se contractent. Elle souffrirait énormément.

— Allie l'a nourri de l'énergie qu'elle nous a volée, gronde Crius. Nous sommes morts pour lui.

L'homme se lève du canapé, se dirige vers Allie sur le tapis, la soulève et l'étend devant le feu.

— Elle a toujours froid, marmonne-t-il.

Il y a de la tendresse dans son geste, comme si cet homme sans vie avait des sentiments. Il fixe son corps pendant un long moment avant d'écarter des mèches de cheveux sur son visage. Le sang de sa gorge arrachée se répand sur le tapis, mais le zombie ne sourcille pas. Il n'a pas de frénésie de se nourrir.

Rien que d'y penser, j'ai l'impression que c'est une blague.

Le zombie se redresse et se tourne vers Crius.

— Merci pour ton don.

Nous le regardons, incrédules, passer devant nous pour se rendre dans la cuisine en traversant la pièce ouverte.

— Un don ? Génial ! marmonne Crius. Elle nous a *volé* de l'énergie pour lui.

— Pour son mari, lui rappelle Stone. De toute façon, pourquoi te plaindre ? Que vas-tu faire ? La lui reprendre ?

Crius y réfléchit un moment.

Le zombie dans la cuisine fait du vacarme : il frappe les portes des armoires, jette les casseroles, ouvre les tiroirs. Il cherche quelque chose.

— Est-ce qu'il a perdu l'esprit ? demande Crius. Oh, attends, c'est vrai, il n'en a pas !

Il rit doucement.

Ragnar se dirige vers le type et je suis sur ses talons. Nous laissons Stone et Crius derrière, à discuter de leurs théories sur l'homme mort-vivant.

— Je ne la retrouve pas, murmure-t-il, jetant des

assiettes, des herbes aromatiques, et tout ce qui se trouve sur le comptoir en passant.

— Que cherches-tu ? demande Ragnar, à quelques pas de l'homme. Je reste près de lui au cas où les choses tourneraient au vinaigre.

— J'ai tout bu, murmure-t-il, l'air renfrogné. Quand la faim me prend, elle m'étouffe, et je ne pensais pas en avoir besoin pour Allie.

— Alors il y a encore de la potion dans la maison ?

Je m'avance, prêt à retourner toute cette foutue cuisine pour la trouver. Ensuite, je pourrai faire revenir Allie, et elle nous expliquera ce qui se passe.

L'homme hausse les épaules.

— J'espère.

— Je m'appelle Ragnar, déclare mon Alpha. Et tu es ?

— Gregory, gémit-il, plissant le front. Pour la première fois, je vois le monstre derrière ses yeux, le vide, et la faim qui nous fixent.

Je me crispe, prêt à me battre.

Quand il secoue la tête, l'expression vide de Gregory disparaît. Le monstre vit toujours en lui, mais ce qu'Allie a mis dans sa potion le réfrène. Je le vois à présent.

— Au bout de quelques jours, je perdrai le contrôle, mais j'ai promis à Allie de l'aider à retrouver ses filles.

Il tapote ses poches, puis fourre sa main dans cette de son pantalon et sort une autre fiole plus petite, remplie de sang.

— Est-ce qu'il y en a d'autres là ? demandé-je.

— Dieu merci, je ne l'ai pas cassée. C'est pour que la

fille maudite d'Allie la boive, et lève la malédiction des sorcières. Elle serait très en colère si je l'avais cassée.

Il me la tend.

— Vous feriez bien de la garder pour moi.

Il se met à divaguer de nouveau et se lance dans une nouvelle recherche frénétique dans la cuisine, arrachant la porte du garde-manger de ses gonds et la jetant sur le côté. Ce type a de la force, ce qui m'inquiète. Puis il s'interrompt et se tourne vers nous, un grand plat en céramique à la main. A-t-il l'intention de le jeter sur nous ?

Je range la fiole dans ma poche, pensant que cela sera très utile de savoir que nous avons un remède pour Kaira.

— Gregory, appelle Ragnar plus fort, pour attirer l'attention de l'homme. Tu as vécu avec la meute des Loups de la Tempête. Sais-tu où ils se trouvent ?

L'homme balance une casserole devant ma tête, me manquant de peu.

— Merde !

— Bien sûr que oui, répond enfin Gregory. Allie et moi vivions là-bas.

Il interrompt sa destruction de la cuisine, perdu dans ses pensées, les yeux révulsés.

— Allie et moi étions si heureux là-bas.

— Et vos filles ? demandé-je, car je trouve étrange qu'il n'ait pas encore fait mention de ses trois filles.

Il baisse le regard vers moi, cligne des yeux comme s'il recherchait des souvenirs perdus, puis secoue la tête.

— Je ne me souviens pas.

J'entends l'absence d'émotions dans sa voix. Juste après, il retourne dans le garde-manger, jetant des récipients qui se cassent. Des haricots secs se répandent sur le sol.

J'échange des regards avec Ragnar. Il est fou à lier.

— Il sait où se trouvent les loups. Nous l'obligeons à parler, puis nous partons à la recherche de Narah ce soir, dis-je.

— Je vais le faire parler, mais Gregory me donne à réfléchir. Allie a exécuté des sorts puissants, ce qui signifie qu'il pourrait y en avoir d'autres dans la maison dont nous pourrions faire usage contre les loups, et même contre d'autres sorcières. Prends Crius et fouille la maison, vois ce que tu peux trouver.

Je gémis, car j'ai envie de sortir de ce trou à rats. Il y a de la magie dans l'air, et je déteste ne pas savoir à quoi j'ai affaire, mais Ragnar est aussi un homme à qui je confierais ma vie. En général, son instinct est pertinent, alors je hoche la tête et retourne voir les deux autres.

— Crius, tu viens avec moi. Stone, tu assures les arrières de Ragnar.

Crius sur les talons, nous entrons dans un couloir sombre qui nous mène vers plusieurs portes. Les murs en bois sont usés, les planches craquent sous nos pas.

— Je suppose que nous sommes préposés à la fouille de la maison, dit Crius en faisant craquer ses articulations.

— Ragnar pense que nous pourrions trouver des sorts utiles, et le zombie dit qu'il sait où vivent les Loups de la Tempête.

Crius s'arrête et me regarde bouche bée.

— Tu ferais mieux de ne pas te foutre de moi.

J'expire bruyamment et me tourne vers lui.

— Pourquoi mentirais-je à ce sujet ?

Je relève les épaules, là où une douleur aiguë s'enfonce, où je stocke mon stress. Depuis que nous avons été piégés dans le but de nous faire mourir, je suis terriblement tendu.

Crius me regarde d'un air impassible.

— Parce que tu ne nous dis jamais toute la vérité. Tu nous caches des choses.

Je fronce les sourcils.

— Merde, mais ça sort d'où, ça ?

— Ne te mets pas dans tous tes états. Depuis que tu es arrivé dans la meute de Ragnar, tu t'es comporté comme un abruti bizarre, et tu es resté dans ton coin. Même pour cette mission, tu te comportes comme un loup solitaire.

— Arrête de dire des conneries, aboyé-je avant de le pousser dans la première pièce.

Ses paroles m'irritent au plus haut point. En inspectant la chambre, puis les autres pièces, nous ne trouvons rien qui ressemble de près ou de loin à des objets dont on pourrait se servir pour lancer des sorts.

— C'est aussi ce que pense Stone, insiste Crius, et ça m'énerve.

— Si tu as un problème avec moi, dis-le simplement.

Je me déplace pour me mettre face à lui, prenant une grande respiration. La mèche est allumée, je suis sur le point d'exploser. Après tout ce que nous venons de traverser, je fulmine, j'ai besoin de balancer mon poing dans quelque chose, même si c'est le visage de Crius.

— Nikos, l'ennemi ce n'est pas nous, dit-il en haussant les épaules avec un sourire cruel, prenant plaisir à me narguer. Les vraies ordures, ce sont les membres de ta famille qui t'ont vendu. À présent nous sommes ta famille, je suis juste en train de te dire de l'accepter.

Je serre les poings : je vais lui casser la figure.

— Qu'est-ce que tout cela a à voir avec ce qui se passe en ce moment ?

Il pince les lèvres, et je vois que j'ai finalement réussi à l'atteindre.

— À cause de Narah, aboie-t-il.

— Quoi ? Ça n'a aucun sens.

Il marche jusqu'à la dernière porte qu'il ouvre : elle donne sur des escaliers menant au sous-sol. Il règne un noir d'encre là-dedans, et quand je le rejoins, une bouffée d'odeur putride me frappe, me distrayant de la colère qui fait rage dans ma tête. Mes poils se hérissent, et mon instinct me pousse à sortir de là, mais je sais que nous allons descendre quoi qu'il arrive.

— Ça sent la mort, murmuré-je.

— Tu crois que nous allons trouver d'autres zombies en bas ?

— Quelque chose de pire encore, constaté-je.

Crius actionne l'interrupteur, mais rien ne se passe, et il hausse les épaules.

— Ça valait le coup d'essayer. Donne-moi une seconde.

Il s'engouffre dans le couloir sombre qui mène à la

pièce principale et revient quelques instants plus tard, portant une bûche dont une extrémité est enflammée.

— Allons-y, dit-il.

Je lui laisse l'honneur d'entrer en premier… juste au cas où nous serions attaqués.

Plus nous descendons, plus la puanteur est forte. Elle me prend maintenant à la gorge, et j'ai du mal à réfréner mon réflexe nauséeux.

— Est-ce que tu vois au moins ce qui se passe autour de nous ?

Crius marque un temps d'arrêt au pied des marches où je le rejoins.

— Est-ce qu'on parle toujours de la maison, ou tu as encore dérivé ?

— Il s'agit de Narah, aboie-t-il avec une émotion dans la voix que je n'ai jamais entendue auparavant. Nous la voulons tous, mec. Ragnar a perdu les pédales quand il a découvert qu'elle nous voulait aussi. Je ne l'ai jamais vu comme ça… Jamais je ne l'avais vu désirer quelque chose à l'écart de nous.

Il s'interrompt et je reste sans voix… abasourdi. Crius est le blagueur de notre meute, le type qui se moque de tout pour cacher son sombre passé, et quand il ne fait pas le con, il tue quelque chose. Une fois, il a pété les plombs, et a massacré une petite meute de loups rebelles qui l'avaient énervé.

Alors, c'est nouveau. Ça en dit long, parce que toute ma foutue vie je me suis considéré comme un outsider. Je ne me suis jamais intégré à ma famille ni auprès des parents de Ragnar, mais cette meute, c'est ce qui me donne le plus le sentiment d'être chez moi. Je ne suis pas aussi amical que Crius et Stone, mais cela ne veut pas dire que je ne les considère pas comme ma famille. Loin de là. Je me crispe en pensant à ce que je ferais si l'un de ces hommes était blessé. Je serais capable de repeindre le monde en rouge sang pour eux… pour Narah.

— Alors c'est pour ça que tu es sur mon dos ? Tu as peur que Ragnar demande à Narah de choisir entre lui et nous ?

Il a un petit rire et tente d'éluder la question en jetant un coup d'œil au sous-sol sombre derrière lui.

Mon ventre se noue quand je réalise à quel point il souffre. À l'évidence, tout cela lui pèse pour qu'il en parle maintenant.

— On l'a tous dans la peau, n'est-ce pas ?

— Ouaip. Je n'ai aucune envie de l'avoir tout le temps à l'esprit, pourtant je ne peux pas m'empêcher de penser à elle. Quelque chose s'est brisé en moi.

Je glousse et le gratifie d'une tape sur l'épaule.

— Désolé de te l'annoncer, mais tu étais déjà cassé bien avant que Narah n'arrive, mon ami.

Il hausse un sourcil.

— Sans doute.

Il grimace, puis se détourne. Il balance la torche pour chasser l'obscurité.

— Quoi qu'il en soit, finissons-en avant que je ne vomisse tellement ça pue ici.

— Écoute, Ragnar va revenir à la raison, lui dis-je, m'avançant plus loin dans la pièce. Il le faut bien, sinon

il aura trois gros problèmes sur les bras. Je ne m'éloign-
erai pas de Narah, et je doute que les autres le fassent.

— Il a perdu son sang-froid l'autre jour avec elle,
constaté-je. Quand il l'a plaquée contre le mur, j'étais à
deux doigts de foncer et de l'arracher à lui, mais quand
ils se sont embrassés, j'ai compris qu'il y avait plus entre
eux que ce qu'il en disait. Ils ont des problèmes à régler.
Bon sang, c'est notre cas à tous. Il a des problèmes de
confiance à cause de son ancienne compagne. Je veux
dire, c'est la première fois que je le vois montrer un
intérêt sérieux pour quelqu'un.

Crius fait une pause pour m'écouter.

— Narah n'est pas simplement une Omega de plus à
s'envoyer pour le rut, marmonné-je. Elle est spéciale
pour chacun d'entre nous. Il faut qu'on garde les rangs
serrés, elle y compris. Elle est tout à nous, pas seulement
l'une des nôtres.

Il tousse, puis regarde par-dessus son épaule.

— Tu n'es pas un si mauvais gars, tu sais. On devrait
parler plus souvent, mon pote.

Il se remet à inspecter le sous-sol.

— Merci ? Je crois.

Apparemment, c'est la fin de la conversation, et nous
sommes maintenant des amis plus proches. C'est la
première fois que Crius s'ouvre à moi sur quoi que ce
soit, et c'est bien.

Même si, je dois bien l'admettre, l'emportement de
Ragnar envers Narah m'a mis en colère, et que ses mots
rugissent toujours dans ma tête.

Pour quelqu'un qui n'a aucune expérience des hommes, tu

n'as eu aucun problème à t'envoyer les miens. Donc, je dirais que tu sais exactement ce que tu fais.

C'était vraiment merdique de sa part. La douleur sur le visage de Narah m'a fait du mal parce que nous avons toujours partagé, j'ai été pris au dépourvu de le voir se retourner contre nous.

Cheminant dans l'obscurité, je repousse ces pensées, suivant la lueur de la torche de Crius.

— L'odeur me pique les narines.

Crius a un haut-le-cœur, et mon instinct prend le dessus. Je remonte ma chemise sur ma bouche et mon nez. Je prends de courtes respirations superficielles, et nous nous dépêchons, car il faut que je sorte d'ici.

— C'est plus fort ici. Ça me rend malade.

Nous progressons à pas rapides dans la pièce. Mon pied heurte quelque chose, et je baisse les yeux sur le bras près de mon pied. La glace inonde mes veines et j'arrache la torche à Crius, qui la balance dans la mauvaise direction.

— Donne-moi ça.

Les orbites enfoncées, la peau tirée sur les os, le mort est étalé sur le sol en ciment grossier. Depuis combien de temps est-il ici ?

Crius a des haut-le-cœur, on dirait qu'il est sur le point de vomir. Je lève la torche pour éclairer l'arrière de la pièce.

— Oh, sainte déesse louve.

Des corps décomposés sont empilés les uns sur les autres, il doit y en avoir deux douzaines.

— Bon sang ! Allie est un serial killer refoulé ! aboie Crius.

— Des gens du coin, dis-je alors que la bile me monte à la gorge. Tu ne trouves pas ça étrange qu'ils ne soient pas devenus des zombies ? Ou qu'elle nous ait vidés de notre énergie, et que nous soyons revenus à la vie ? Et qu'en est-il de ces pauvres bougres ?

— Elle les a drainés, mais ne s'est pas servie de son pouvoir pour les ressusciter. Réfléchis-y, ricane Crius. Comme ça, personne ne pourrait l'accuser de meurtre. Je parie que si Narah n'avait pas été avec nous, ce serait nous au fond de ce lac.

Je grimace, sachant qu'il a raison ; j'entends le bruit léger d'un pas, et sens un mouvement dans mon dos. Je me retourne sur Stone debout derrière nous. Il a les yeux écarquillés. Visiblement, il a vu ce que nous avons découvert.

— Est-ce que c'est ce que je pense ? demande-t-il en fixant les piles de corps.

— C'est une psychopathe, lance Crius en sortant de la pièce. Et vous pensez que c'est moi le fou. Bon sang, même cette merde me dépasse.

Stone s'approche, son visage est pâle, ses yeux s'assombrissent.

— Nous ne pouvons en aucun cas mettre Narah au courant de ça. Cela la détruirait.

Je grimace intérieurement, sachant qu'il a raison, mais les secrets finissent toujours par s'envenimer.

— Je suis certain qu'elle sait que sa mère est une garce. Cette femme nous a tous tués, y compris sa fille, sans la moindre hésitation. Et elle a donné notre énergie à son mari décédé.

— Oui, mais là, ça va encore plus loin. Putain, Nikos. Elle a massacré des innocents pour un homme qui ne pourra jamais être vivant.

— Si elle l'a fait, c'est pour plus important que son mari. C'est obligé.

— Peut-être. Dans tous les cas, il faut que Ragnar voie ça.

— Je sais.

Je remonte à l'étage, mon cœur martelant ma poitrine à cause de notre macabre découverte. Je n'ai aucun problème avec la mort lorsqu'elle s'accompagne d'une raison valable. Je ne connais pas assez Allie pour supposer qu'elle soit complètement folle, mais je me suis déjà trompé par le passé.

Crius et Ragnar sont déjà en train de discuter, et d'après l'air sinistre du visage de Ragnar, il sait. Ils passent devant nous pour descendre les escaliers. Un froid me glace les veines, sachant que cette nouvelle va détruire Narah. Découvrir que sa mère massacrait des gens n'est pas une chose à prendre à la légère.

Stone marche jusqu'à la cuisine, où Gregory continue de jeter des objets dans tous les sens. Ce type n'a pas de cervelle, alors pourquoi Allie tuerait-elle des gens pour qu'il revienne vers elle ? Je secoue la tête.

Quelqu'un avance à pas lourds dans le couloir. Ragnar et Crius sont de retour. L'expression de Ragnar s'assombrit, et quand il regarde Gregory avant de reporter son attention sur nous, je lis la même confusion sur ses traits.

— Il est impossible qu'Allie ait massacré toutes ces personnes simplement pour qu'il soit dans cet état.

De l'autre côté de la pièce, Gregory prend la porte cassée du garde-manger dans ses bras et la claque contre le mur, en grognant de frustration.

— Le type est en train de perdre la boule, murmure Crius qui sourit ; il apprécie le spectacle.

— Il y a plus que ça, constate Ragnar, et nous allons tous nous poster devant la cheminée. Il nous a dit qu'Allie l'utilisait pour s'introduire dans l'enceinte de la sorcière. Ce qu'elle lui donnait à boire lui conférait la capacité de commander des zombies. Les morts l'écoutent.

— Impossible ! m'exclamé-je alors que mon regard passe sur l'homme qui continue de s'acharner sur la cuisine, avant de revenir à Ragnar. Bon, je suppose que ça explique les morts dans le sous-sol. Alors quel était son plan ? Lâcher les zombies sur l'assemblée et les détruire ?

— C'est une sacrée bonne stratégie, murmure Stone. Réfléchis-y. Gregory est mort depuis des années, n'est-ce pas ? Donc ça fait des années qu'elle travaille sur sa potion, et je parie qu'elle a laissé une traînée de cadavres partout sur son passage.

Cela nous donne une nouvelle direction. Ragnar passe une main dans ses cheveux, fixant le feu crépitant.

— Je sais où se trouvent les Loups de la Tempête, alors ce sera notre premier point d'appel. Nous allons sauver Narah. Après ça, nous la déposerons auprès de Jae. Ensuite, nous irons tuer quelques sorcières.

— Et lui ? demandé-je en pointant Gregory du menton. Ne me dis pas qu'on l'embarque avec nous ?

Ragnar secoue la tête.

— Nous allons l'attirer pour qu'il nous rejoigne près des bois des sorcières d'ici quelques nuits, en lui promettant la potion d'Allie.

— Très bien, donc nous avons un nouveau plan ! s'exclame Stone qui tape dans ses mains pour montrer qu'il est prêt. Faisons ça.

— Je vais aller nous trouver des chevaux, annonce Ragnar. Trouvez un moyen de le calmer. Et voyez aussi si vous pouvez récupérer de la nourriture dans la cuisine pour notre voyage.

J'ai envie de lever les yeux au ciel en voyant Crius se jeter sur le canapé et fermer les yeux pour piquer un somme. Stone, lui suit Ragnar qui sort par la porte d'entrée.

— Super.

— Amuse-toi bien, se moque Crius.

— Merci, blaireau. Au fait, j'espère que tu apprécies de t'allonger sur le canapé d'un zombie, où un homme mort a dormi et saigné.

Il se relève d'un bond.

Je glousse et me dirige vers la cuisine. Mes pensées sont toutes tournées vers l'urgence de récupérer Narah. Pour le bien de Martell, il ferait mieux d'espérer qu'elle n'a pas été blessée. Sinon, je lui arracherai ses membres les uns après les autres.

CHAPITRE 5

STONE

J'ai des envies de meurtre.

Sauvage. Furieux. Implacable, autant comme le sont toutes les manières créatives dont j'envisage de tuer Martell. Le prendre par les parties. L'écorcher vivant. Le jeter en pâture aux morts-vivants, un morceau à la fois pendant qu'il regarde. Et même là, ce ne serait pas suffisant pour ce qu'il a fait à Narah.

Il nous l'a volée.

Il a revendiqué le contrôle du secteur Sauvage grâce à l'influence des sorcières.

Je déteste l'idée qu'il soit son âme sœur, qu'il la touche, ou même qu'il lui parle.

Ce bâtard a déclaré la guerre.

Cette ordure n'a aucune idée de ce qui l'attend.

Nous courons tous les quatre à travers champs comme les cavaliers de l'apocalypse, et nous sommes sur le point de faire pleuvoir les feux de l'enfer sur sa meute. Les sabots martelant la terre, nous avons chevauché durant la plus grande partie de la nuit, et une demi-journée ensuite. Nous nous sommes arrêtés ici et là, mais nous n'avançons pas assez vite à mon goût.

Narah est en danger et a besoin de nous.

Je ne suis pas le genre de personne en proie à des obsessions. Pas comme Crius, qui s'accroche aux choses et n'arrive pas à s'en défaire.

D'un autre côté, jamais je n'avais rencontré quelqu'un comme Narah, qui a débarqué dans ma vie comme un ouragan, détruisant tout ce en quoi je croyais. Nous avons affronté l'enfer ensemble, et elle est devenue tout pour moi. Une Omega qui domine mes pensées, qui s'est gravée dans mon corps. Quand je ferme les yeux, je sens son parfum de miel, j'entends son rire, et je la goûte sur ma langue.

Je ne peux pas nier ce qui m'est arrivé.

Elle est ma parfaite petite obsession. J'ai lutté pour l'apprivoiser, me disant qu'une fois que je me serais envoyé en l'air avec elle, je la sortirais de mon organisme.

Bon sang, ça s'est retourné contre moi, heurtant mon cœur et mon membre de plein fouet. Après l'avoir goûtée, mon monde est devenu incontrôlable. À présent, je me noie dans le désespoir de la retrouver, de la prendre jusqu'à la folie, de l'envelopper dans mes bras pour que personne ne puisse plus jamais lui faire de mal.

Nous fonçons tous les quatre, prononçant à peine quelques mots. Rien n'existe plus pour nous que de sauver Narah. Ragnar mène notre groupe alors que nous suivons des sentiers battus pour le bien des chevaux. Mais nous devrons bientôt nous reposer aussi, pour ne pas les épuiser. Les bois sont touffus autour de nous, nous pourrions aisément tomber dans une embuscade. À découvert, nous pouvons repérer quiconque voudrait nous attaquer avant qu'il ne frappe. Ici, nous sommes en danger, surtout avec les morts-vivants qui rôdent maintenant dans ce secteur.

— Nous allons nous reposer là-bas, nous crie Ragnar par-dessus son épaule, pointant un endroit au loin.

Je suis à l'arrière du groupe, et je ne vois absolument rien à cette distance.

Avançant à toute allure, nous émergeons rapidement des bois pour déboucher dans une petite clairière baignée de soleil. Les gars amènent leurs chevaux vers un petit ruisseau, quand un cri retentit dans l'air. Un appel à l'aide, faible, mais résolument féminin.

Mon cœur martèle ma cage thoracique, et mon esprit s'emballe à cause de ce que j'ai entendu. Je saute au bas de mon cheval et me précipite vers le son. Je ne sais pas si les autres gars l'ont entendu, mais je vois rouge.

— Stone ! hurle Crius dans mon dos.

Quelque chose en moi me somme de continuer à courir, de suivre mon instinct. Je suis en alerte, priant pour que ce soit Narah, tout en ayant peur de la retrouver au bord de la mort, brisée. Le côté paniqué de mon cerveau ne m'aide pas, essayant de me ralentir, mais je me pousse, écrasant des arbustes alors que mes oreilles se tendent pour entendre à nouveau le son.

Je renifle l'air et capte l'odeur des loups. Des hommes. Des Alphas.

Sans attendre, je m'enfonce dans les bois, là où l'odeur m'emmène. Pour l'instant, je n'ai qu'une seule mission.

Narah.

Je fonce, esquivant les branches basses et me faufile entre les arbres. Quand un autre cri retentit sur ma gauche, je bifurque rapidement dans cette direction. J'aperçois des ombres qui se déplacent au loin. Il y a peut-être trois silhouettes, c'est difficile à dire, mais je me précipite vers elles, tandis que mon esprit s'égare.

Mon cœur est sur le point d'exploser dans ma poitrine.

Je contourne un grand arbre, dérapant sur le feuillage, et m'arrête net. Un profond grognement s'échappe de ma gorge devant l'image qui se présente à moi, alors que mon regard scrute les trois hommes accroupis au-dessus de quelqu'un.

— Barre-toi, abruti ! aboie un des hommes à mon attention.

Je suis perdu quand elle se tourne vers moi. Des yeux ambrés lumineux se posent sur moi, et elle gémit.

Je vois distinctement Narah sur le sol, le dos collé à un arbre, ses yeux emplis de larmes laissant voir sa terreur.

— Stone.

Elle pleure et tend frénétiquement la main vers moi.

Je viens de la retrouver, et le monde s'est remis en place pour moi, l'univers est revenu sur son axe, et le vide que je ressentais s'emplit de vie. Je n'avais pas réalisé à quel point je m'étais ratatiné à cause de la peur de l'avoir perdue, qu'on me l'ait enlevée. Une telle obsession est une chose cruelle à vivre. Elle a fait de moi un monstre, et la douleur permanente d'avoir perdu Narah résonnait dans ma poitrine comme un coup de tonnerre.

— Tu es en sécurité maintenant, dis-je à la femme qui est mon tout, mes rêves, mon futur... qui m'appartient.

— Tu m'as entendu ? demande un autre type d'un ton sec, enfonçant un poing dans mon bras, ce qui me déconcentre. Dégage.

Je me retourne, la fureur m'aveugle. J'ai perdu mon côté raisonnable il y a bien longtemps, quelque part dans les montagnes. Tout ce qui résonne en moi maintenant, c'est ma bête. La rage me consume alors que j'observe ces trois foutues fouines tourner leur attention vers moi. Je vais les détruire et je vais adorer ça.

Respirant difficilement, mon loup s'avance. Mais ce serait trop facile. Non, je veux me servir de mes mains pour ressentir chaque coup. Je vais les faire crier, me supplier, les faire ramper. Sauf que c'est trop tard. Je sens à peine mon corps à présent, gonflé à bloc par une montée d'adrénaline à l'idée de les briser. J'ai conscience d'avoir le pouvoir de les détruire, la capacité d'un dieu à prendre la vie, et je deviens fou.

Un hurlement jaillit de ma bouche : je n'ai plus

qu'une idée en tête, faire un carnage. J'enrage à l'idée que ces pauvres merdes pensent avoir le droit de toucher ma Narah. Perdant complètement les pédales, je me jette sur eux.

Du sang. Des cris. Des os brisés.

Je ne vois rien d'autre que les trois visages que je vais démolir. Poings, dents, fureur. Je donne tout, et je leur prends tout. J'ai la bouche pleine de sang, et je recrache un morceau de chair tandis que des grognements m'échappent. Je vais déchirer ces Alphas.

Je n'arrive plus à réfléchir, à me souvenir, à m'arrêter.

Les images du visage de Narah, ses larmes laissent libre cours à ma folie.

J'attrape l'un de ces enfoirés par le t-shirt et lui assène un coup de poing au visage, encore et encore, avant de le soulever au-dessus de ma tête et le balancer sur un autre type. Je prends un coup de poing dans le dos et pousse un grognement furieux. Pivotant sur mes talons, je frappe l'enfoiré d'un coup de pied dans le ventre. Si j'étais en possession de ma magie, j'aurais déjà achevé ces salauds, mais à la vérité, je ne veux pas de la solution de facilité. Je veux écraser ces loups métamorphes sauvages de mes propres mains.

Je me précipite après lui pour l'achever. Je l'entends gémir et crier, formant un bruit blanc qui m'exaspère. Je le saisis par sa gorge que j'arrache à mains nues. Le sang éclabousse mon visage, et je ricane. Me jetant sur les deux autres, je danse avec leur mort. L'un d'eux se change en loup, mais il n'a aucune chance contre moi. Je me jette sur lui, le heurtant au milieu de sa transformation, et le frappe jusqu'à ce qu'il ne soit plus qu'un corps brisé.

Me retournant vers le troisième abruti, je le vois cramponner l'oreille que je lui ai arrachée avec mes dents. Comme on dit, ou plutôt, comme moi je le dis, il n'y a pas de repos pour les minables. Alors j'attaque, et je l'achève. Le fait qu'il respire le même air que moi m'est insupportable. Son corps mou retombe à mes pieds.

Je me retourne, respirant difficilement, et je me mets à grogner en m'apercevant que Narah n'est plus près de l'arbre. Un mouvement dans les bois devant moi me la montre blottie dans les bras de Ragnar, Nikos et Crius à leurs côtés, s'accrochant à elle, captivés par elle. Alors même que ma respiration s'apaise de la savoir en sécurité, une bouffée de jalousie m'envahit à l'idée de ne pas être le premier à la serrer dans mes bras.

Quand ils se tournent dans ma direction, ils ne sont pas choqués à la vue des trois enfoirés que j'ai éliminés, et je ne m'attendais pas à ce qu'ils le soient. C'est ainsi que fonctionne notre meute.

Nous tuons pour nous protéger les uns les autres, il faut vous attendre à ce que nous fassions tout ce qu'il faut.

La sensation bouleversante d'avoir presque perdu Narah se glisse dans les recoins les plus sombres de mon esprit, et j'enjambe les corps pour les rejoindre.

— Merci de nous avoir laissé un peu d'action, marmonne Crius.

Sauf qu'à sa manière de scruter Narah, je me demande s'il est plus énervé que je me sois chargé de les tuer tous, ou par le fait qu'elle ne soit pas dans ses bras plutôt que dans ceux de Ragnar.

— Tu étais incroyable, et un peu terrifiant, dit-elle en me souriant.

Tirant sur le tissu déchiré qui a glissé sur son épaule, elle s'écarte des bras de Ragnar. Elle a le visage sale, et des larmes brillent dans ses grands yeux.

— J'ai cru que j'allais mourir.

Elle se précipite vers moi et me percute malgré le fait que je sois couvert de sang. Ses petits bras s'enroulent autour de ma poitrine, les miens autour de son dos. Puis j'embrasse le sommet de sa tête, regrettant de ne pas pouvoir l'engloutir dans mon corps, de sorte que personne ne puisse plus jamais l'atteindre.

— J'ai entendu ton cri, lui expliqué-je. Il est hors de question que je te laisse mourir, ma belle.

Ragnar me tapote l'épaule, puis la serre.

— Tu as entendu quelque chose que nous trois n'avons pas entendu, tu as fait un boulot incroyable.

Je vois sur son visage qu'il apprécie sincèrement.

Après la merde qui a eu lieu entre lui et Narah dans les montagnes, une partie de moi ne savait pas vraiment à quoi s'attendre. Mais pour l'instant, les choses sont apaisées entre nous. Nous verrons plus tard ce qui se passe.

Je baisse les yeux sur ma chérie.

— Alors comme ça, tu as échappé à Martell.

— Tu me connais, dit-elle, arborant un sourire

bancal. Il n'y a rien qui puisse me retenir enfermée bien longtemps.

— Eh bien, je suis ravi que tu sois en sécurité maintenant, déclare Nikos qui se tient tout près, croisant le regard de Narah. J'avais vraiment l'espoir de rencontrer enfin Martell.

— Fais la queue, lance Crius avant d'éclater de rire. Il est à moi. Tu pourras avoir les restes.

— Jamais je n'aurais cru apprécier le fait que des gens se disputent autant pour savoir qui aura le droit de tuer mon ex-compagnon.

Elle essuie le sang de sa joue et je la serre plus fort.

— Mais je n'arrive toujours à croire que vous soyez ici, murmure-t-elle.

À la manière dont elle lève les yeux sur moi, puis sur les autres, je vois au fond de son regard la terreur qu'elle a dû ressentir.

— Pourquoi ne t'es-tu pas servie de ta magie contre lui, ma douce ? demande Ragnar.

Elle se retourne dans mes bras pour faire face au groupe, et je la serre contre moi. Je ne suis pas prêt à la relâcher. Lorsqu'elle lève les mains, il me faut quelques instants pour comprendre ce que nous sommes en train de regarder.

— Le noir a disparu de tes doigts, dit Ragnar qui lui prend les mains pour les étudier. Comment ?

— Apparemment, quand ma mère a annulé la malédiction, cela a réinitialisé des choses en moi. Y compris ma magie, à laquelle je ne peux plus accéder.

L'espoir dans sa voix me transperce. À bien y

réfléchir, je n'ai pas ressenti l'étincelle de magie dans mes veines depuis l'incident. J'inspire profondément et fais appel à mon pouvoir, je me concentre… mais je ne ressens rien. Pas la moindre trace de magie.

Bon sang.

Je regarde Narah, qui me fixe à son tour.

— Je n'ai pas mes pouvoirs non plus. Je ne les sens plus.

Les bords de sa bouche s'abaissent.

— Je suis sincèrement désolée, Stone. Je crois que ma mère a absorbé beaucoup de notre magie. Au lieu de la colère, il n'y a que de l'amertume et du chagrin dans ses paroles. Ce n'est jamais simple d'être en colère contre une personne morte.

C'est moi qui dis ça, alors qu'intérieurement, je fulmine à l'idée qu'elle m'ait aussi dépouillé de ma magie.

Ma mère me disait qu'on ne pouvait jamais retirer la magie à quelqu'un. Qu'elle serait toujours en nous, même en sommeil. Alors il est peut-être temps que nos capacités se renforcent une fois encore ? Il vaudrait mieux que cela fonctionne, faute de quoi je vais perdre la tête, car ma magie me vient de la lignée de ma mère. Une connexion que je ne veux jamais perdre.

— Je suis désolée pour ta perte. Nous avons déposé ta mère en sécurité dans sa maison, pour que nous puissions revenir l'enterrer, annonce Ragnar, avant de lui prendre la main et l'éloigner de mes bras.

Je réfrène le grognement qui monte dans ma gorge à cause de la disparition de ma magie, et parce que je sais que nous sommes tous secoués par le fait que nous avons été à deux doigts de la perdre.

— Allons te nettoyer près de la rivière. Ensuite, nous partirons, propose Ragnar. Nous ne sommes pas en sécurité ici.

Il lève la tête, et nos regards se croisent. Puis il me sourit pour me montrer sa gratitude, m'adressant un signe de tête complice pour me dire à quel point cela compte pour lui. Mais je l'ai fait pour nous tous, pas seulement pour lui.

Mon loup grogne dans ma poitrine qu'elle est à moi, toute à moi. Alors que Ragnar la guide hors des bois, je remarque les regards tout aussi possessifs que Crius et Nikos posent sur elle.

— Il faut qu'on parle, dit Ragnar à Narah, et je me mets à les suivre de près, comme les deux autres. Je veux savoir où en est la situation entre nous.

Il ne faut pas se méprendre. C'est clair comme de l'eau de roche dans ma tête. Elle sera toujours à moi, et peu importe ce que Ragnar décidera. La manière dont les choses se passeront entre nous ne dépend plus que de lui désormais.

— Peut-être pas maintenant, répond-elle doucement. Je voudrais aller voir Jae, et cesser d'avoir l'impression d'avoir constamment peur, et de fuir pour sauver ma vie. Je suis épuisée.

— Nous allons prendre soin de toi, Narah.

Il passe un bras autour de sa taille, l'attirant à ses côtés.

Je garde le silence pour l'instant. Cette fois, il ne s'agit pas de moi. Il s'agit de ce dont elle a besoin.

Nous cheminons vers le ruisseau où nous avons laissé les chevaux. Et je sais que nous avons une longue route de retour à faire.

CHAPITRE 6

NARAH

arah.

Quelqu'un me secoue le bras, et je me retire. Il me faut quelques secondes pour retrouver le fil de mes pensées, me réveiller et me rappeler où je suis. Mon cerveau est léthargique.

J'ouvre les yeux, et ma vision se trouble. Le monde bascule légèrement autour de moi. Il fait sombre dehors, et je jette un coup d'œil au bas du cheval sur lequel je suis toujours. Nous nous sommes arrêtés, et je serre encore Ragnar dans mes bras.

Une foule de souvenirs me submerge, s'abattant sur moi comme une tornade.

Martell.

La meute qui se retourne contre moi.

Ma mère… sa mort.

Des loups sauvages qui m'attaquent.

Stone les a tués, et leur sang et leurs cris ont empli l'air. J'ai encouragé Stone, je voulais que ces connards souffrent. S'il n'était pas venu me chercher, je serais morte. Je sais que cela fait de moi une personne horrible de souhaiter la mort de quelqu'un, mais il y a des gens détestables dans ce monde qui ne méritent pas cette vie.

Les loups sauvages parcourent les forêts du secteur Sauvage car aucun Alpha dominant n'a pris en charge ce territoire. Les nombreuses petites meutes sont vicieuses et tueront quiconque s'approchera trop près d'elles… Ou alors ce sont elles qui seront éliminées. Tous les autres Alpha et Beta finissent par devenir sauvages, attaquant ceux qu'ils trouvent, surtout des femmes pour leur rut. Le problème, c'est notre nombre : les hommes sont au moins dix fois plus nombreux que nous.

Ainsi, voir quelqu'un comme Ragnar régner sur ce secteur profiterait à beaucoup de monde, même si c'est un exploit gigantesque pour lui.

— Tu t'es endormie, me dit Ragnar en tapotant mon bras, m'arrachant à mes pensées.

— Tu as dormi comme un loir, murmure Crius avec un sourire. Je n'ai jamais vu quiconque faire la sieste sur un cheval.

— J'étais épuisée, j'ai dû m'évanouir.

Je croise le regard de Stone qui s'avance vers le cheval. J'accepte son aide pour en descendre.

— Je suis surprise de ne pas être tombée.

Je tente de rire, mais le son qui m'échappe est rauque et tendu, car le sommeil s'accroche encore à moi.

— Je t'ai tenue pendant tout le trajet.

Lorsque Ragnar descend du cheval noir, je regarde autour de moi et remarque où nous sommes. Le champ ouvert, les grilles au loin tenues par des gardes, et l'ensemble des marches en pierre qui mènent à la meute de loups Aconit, là où nous avons laissé Jae. Je me réveille d'un coup, excitée de voir ma sœur. Je regarde les hommes, qui m'étudient toujours, attendant une réponse.

— D'accord, j'ai dormi un bon moment. Mon corps avait besoin de repos.

— Je suis presque certain qu'à un moment donné, nous avons pensé que tu étais morte, lance Stone avant de rire. Ragnar a dû s'arrêter pour que Nikos puisse vérifier ton pouls.

— Mais non ! réponds-je, choquée d'avoir dormi tout du long.

— Jusqu'à ce que tu ronfles ! dit Crius avant d'éclater de rire.

— Wouah… Eh bien, maintenant je ne suis plus si certaine d'avoir eu envie d'être sauvée par vous.

Je leur tire la langue, ce qui me vaut des sourires crispés. Je ne peux même pas exprimer à quel point c'est incroyable d'être de nouveau en leur compagnie. Une douce chaleur monte en moi, parce que chacun d'entre eux m'a manqué, plus que je ne l'aurais pensé.

Tout de suite, je sens une sorte de tension entre eux, à moins que je ne sois encore dans les vapes. La dernière fois que nous étions ensemble, j'ai eu une énorme dispute avec Ragnar, donc je suppose que cela a quelque chose à voir avec ça.

— Il faut qu'on fête ça, et ma gorge est aussi sèche que le désert. Emmenons les chevaux à l'écurie, ensuite je pourrai me noyer dans la bière, dit Nikos, les yeux rivés sur moi.

J'ai du mal à croire le chemin que nous avons parcouru, et à quel point je tiens à eux aujourd'hui. Avec un clin d'œil sexy dans ma direction, Crius aide Nikos à rassembler les quatre animaux dans le noir, et les emmène dans la direction opposée.

Ragnar et Stone prennent position de chaque côté de moi alors que nous nous dirigeons vers l'endroit où vit la meute. Les doigts de Stone glissent dans ma main et nos doigts s'entrelacent. Son toucher est incroyablement chaud. Je m'accroche à lui. Jamais plus je ne le laisserai partir.

— En premier, je veux voir Jae, leur dis-je, incapable de réfréner mon sourire. J'ai simplement besoin de savoir qu'elle est en sécurité, et qu'elle va bien.

— Bien sûr, approuve Ragnar.

Je le sens un peu gêné dans sa manière de me regarder, et je vois sa mâchoire se contracter quand il voit ma main dans celle de Stone. Il a envie de dire quelque chose mais se retient, même si je sais que ça viendra plus tard. C'est écrit sur son visage.

Nous arrivons en haut des escaliers qui mènent aux maisons de la meute. Elles s'étendent vers l'extérieur dans toutes les directions, et d'autres huttes se trouvent autour du périmètre circulaire. Il y a au moins cinquante bâtiments en bois, et au milieu, un feu de joie gronde, crépitant de braises et illuminant l'obscurité.

Plusieurs membres de la meute se trouvent autour des flammes et regardent dans notre direction, et d'autres gardent sont placés tout autour de l'endroit. Ragnar m'a promis que l'Alpha de cette meute protège ses femmes et que Jae serait en sécurité. Je dois croire que c'est le cas, sinon je n'aurais jamais laissé ma sœur derrière moi. Maintenant, j'ai d'autant plus envie de la voir.

Reconnaissant les gardes, Stone lève le menton vers eux avec un signe de tête. Ragnar regarde par-dessus son épaule, puis revient vers moi.

— Narah, il faut que j'informe l'Alpha de notre arrivée, que j'organise un repas, et un endroit où nous pourrons tous dormir. Ensuite, il faudra qu'on parle.

Il y a de la détermination dans sa voix, et je sais qu'il ne laissera pas tomber. Mais son visage reflète de la gentillesse. Il s'inquiète de quelque chose, ce qui me tracasse.

— Bon, d'accord.

Il fait volte-face et s'en va sans un mot de plus. Je le regarde s'éloigner et se fondre dans la nuit, en espérant que sa colère de notre dernière dispute s'est estompée.

La main de Stone serre légèrement la mienne.

— Tu vas bien ?

Je hausse les épaules.

— Je ne suis pas sûre de ce qu'il pense, ou d'où nous en sommes vraiment.

Stone fronce les sourcils en signe de frustration.

— Il doit affronter pas mal de rejets qu'il a subis par le passé. Il t'a expliqué que son âme sœur l'a rejeté, tout comme son propre père. Mais après tout ce temps, les cicatrices n'ont pas complètement guéri.

— Il a toujours des sentiments pour sa compagne ?

Cette pensée m'a échappé, et je suis navrée d'avoir l'air jalouse. Surtout si l'on considère mes propres difficultés avec mon compagnon et ma louve qui n'a d'yeux que pour lui.

Stone se tourne vers moi et me fait un doux sourire, ses mains remontant le long de mes bras.

— Il a du mal à faire confiance. Il m'a dit une fois qu'il ne pourrait plus jamais aimer, que perdre une compagne l'avait brisé et rendu incapable de trouver quelqu'un d'autre pour prendre sa place.

Je peux parfaitement le comprendre.

Stone se penche en avant.

— As-tu la moindre idée de l'impact que tu as eu sur chacun de nous ? Comment, après avoir travaillé avec toi sur ce qui devait être une mission simple, nous avons tous fini par perdre la tête à cause de toi ? Chacun d'entre nous est brisé, Narah, et peut-être au-delà de tout espoir. Et en ce qui me concerne, il y a dans le fait d'être avec toi quelque chose qui m'aide à recoller une partie des morceaux.

— Vous n'êtes pas brisés. Tout le monde est récupérable.

Je cligne des yeux et il se contente de sourire, sans contredire mon point de vue, ce qui me dit à quel point il ne me croit pas. En dépit de cela, son sourire me distrait. Il a le plus incroyable des sourires qui fait flancher mes genoux.

Dire que les dernières semaines ont été folles est un euphémisme pour décrire à quel point ma vie est devenue insensée. Jamais dans mes rêves les plus fous je n'aurais imaginé me retrouver dans cette situation : quatre hommes se disputant mon attention, et moi qui n'ai qu'une envie qu'ils acceptent de me partager. J'aspire à les serrer contre moi et les protéger de leur passé, tout comme ils le font avec moi. Peut-être ai-je perdu la tête, à moins que je n'aie enfin trouvé ce qui pourra combler le vide en moi.

Quand je lève les yeux vers Stone, il fixe ma bouche avec de la faim dans les yeux et ne s'en cache pas quand je le surprends.

— Tu m'as manqué, avoue-t-il. Je devenais dingue à ne pas savoir si tu étais en sécurité. C'était notre cas à tous. Ragnar serait complètement fou de faire autre chose que te prendre dans ses bras et nous accepter tous dans ta vie. Sinon, qu'il aille se faire voir. Je te volerai pour te garder pour moi.

Je ris, n'étant pas habituée à ce que les hommes soient si possessifs envers moi. Je suis la fille qui a vécu pratiquement isolée du reste du monde.

Il fut un temps où ma vie était tout sauf excitante : j'avais des routines pour garder mes sœurs en sécurité, pour mettre de la nourriture sur la table, en espérant que lorsque mon heure serait venue de trouver un compagnon, il se montrerait gentil et nous protégerait. Eh bien, cette vie était devenue un véritable enfer.

Certes, ma vie est aujourd'hui bien plus compliquée, et je cours un grave danger, mais j'ai trouvé quelque chose que je n'aurais jamais cru avoir. L'envie de vivre un vrai bonheur avec quatre Alphas. Sauf que les choses ne coulent pas vraiment de source entre nous en ce moment.

— Tu es ridiculement adorable quand tu fais la moue.

La voix de Stone me sort de mes pensées alors qu'il m'entraîne dans la direction opposée à celle de Ragnar.

— Viens, allons rejoindre ta sœur. Je veux aussi tout savoir sur la manière dont tu as réussi à échapper à Martell et t'enfuir. Dis-moi que ça implique qu'il pleure comme un bébé qui souffre.

Je ris, car j'aurais voulu que ce soit le cas.

— C'était plutôt de la chance. Il y avait une sorcière chez les Loups de la Tempête, et en fait, elle m'a aidée à m'échapper.

Il plisse les yeux.

— Que voulait-elle en échange ?

— Elle se sentait mal à cause des mauvais traitements infligés par la grande prêtresse à ma sœur. Et il se trouve que j'étais au bon endroit pour l'aider à quitter l'assemblée. Alors c'était gagnant-gagnant.

Pendant que je lui fais un court résumé de ce qui s'est passé, il garde les yeux rivés sur moi. Son attention se porte sur ma poitrine, mais à la manière dont son front se plisse, je sais qu'il ne regarde pas mes seins.

— C'est lui qui t'a fait ça, n'est-ce pas ?

Son pouce passe doucement sous les coupures que Martell m'a infligées, et je hoche la tête. Les blessures sont encore sensibles. Son regard s'assombrit et ses épaules se raidissent.

— Je vais le tuer pour t'avoir touchée. Putain, je suis vraiment désolé qu'on ne t'ait pas trouvée assez vite.

Il tient ma main plus fermement et, de l'autre bras, m'attire vers lui, et manifestement, il n'a aucune intention de me laisser partir.

— Le principal, c'est que je me sois échappée. Il est plus psychotique que je ne le pensais, mais je ne le connaissais pas vraiment. Ce que j'ai ressenti pour lui… ce que je ressens encore pour lui, ce n'est rien d'autre qu'un instinct animal, dis-je avant de soupire. Je déteste être liée à un tel monstre et avoir envie de lui alors que je mourrais plutôt que de le laisser me toucher. Dis-moi que ce n'est pas tordu.

— Tu veux du tordu ? Bienvenue dans notre meute. Tu es la personne idéale pour nous.

Il y a quelque chose dans ses paroles, dans le fait d'avoir ma place quelque part, qui me remplit de chaleur. Je n'ai jamais appartenu qu'à mes sœurs, je n'ai jamais eu ma place ailleurs. Alors le sourire qui effleure mes lèvres me submerge d'un étrange bonheur. Ai-je vraiment trouvé ma place ?

Stone me sourit simplement et passe son bras autour de ma taille.

— Et si je te montrais à quel point je suis doué pour te rappeler à quel point tu es parfaite pour nous ?

Ses mains descendent sur mes fesses, et je suis épatée de la vitesse à laquelle mon corps s'enflamme.

Ma louve, quant à elle, grogne en signe de protestation. Elle et mon corps sont en désaccord, et c'est épuisant, mais je ne deviendrai pas l'esclave de ses instincts. Plus maintenant.

Je me hisse sur la pointe des pieds et dépose un baiser sur les lèvres de Stone.

— Tiens-toi bien.

Sauf que cette action le déclenche. Grognant, il plaque une main dans mon dos et glisse l'autre dans mes cheveux.

— Putain, Narah, jure-t-il contre ma bouche, semblant prêt à me revendiquer. Tu vas me tuer si je ne te prends pas tout de suite.

La crête dure et épaisse dans son pantalon durcit tandis qu'il frotte mon dos en faisant de petits cercles, sa main s'accrochant à mes cheveux et me maintenant en place.

Ce côté possessif m'a manqué. Les choses sont devenues plus sauvages entre nous, surtout si l'on considère que la dernière fois que nous avons couché ensemble, c'était dans cette même ville. Là, il me rend folle avec la manière dont il me tient, et je suis tentée de perdre le contrôle.

Un mouvement venant de ma droite me fait remarquer un habitant au loin, qui passe devant deux maisons et nous observe.

— Hum, ce n'est probablement pas le bon moment, murmuré-je contre ses lèvres.

— Ta sœur dort, dit-il, pensant à l'évidence que je fais référence à Jae. Toutes les lumières sont éteintes dans la maison où elle séjourne.

Il jette un coup d'œil à la cabane située à plusieurs

mètres, où la nuit engloutit la zone. Pas une seule lumière n'est allumée, mais qu'en est-il des autres qui sont dehors ?

— J'ai besoin de toi maintenant, ronronne-t-il de manière séductrice.

Est-ce égoïste de ma part de ne serait-ce qu'envisager cela ou encore plus égoïste d'envisager de réveiller toute la famille pour annoncer à Jae que je suis de retour ?

Je pince les lèvres en levant les yeux vers Stone. C'est définitivement un énorme pas en avant pour nous, de parler ouvertement du fait d'avoir des relations sexuelles et d'être tactile. Tout ce qui le concerne déclenche des nuées de papillons dans mon ventre. Peut-être que le fait d'être kidnappée par Martell a changé la dynamique entre nous.

— Rien que toi et moi, ma chérie.

Il m'embrasse, lentement et passionnément, le genre de baiser qui me fait flotter au-dessus du monde à mes pieds. Je me sens vulnérable et je me souviens pourquoi je suis si fortement attirée par lui. Maudit soit-il, je ne pense pas pouvoir me passer d'un tel baiser à l'avenir. Il est doux, ferme et dévorant, m'emportant comme une tempête qui domine tout sur son passage. Il me tient enfermée contre lui, nos corps plaqués l'un contre l'autre. Sa langue plonge dans ma bouche d'un geste possessif.

Nous entendons grincer les gonds d'une porte et tournons la tête à l'instant où un homme qui approche la cinquantaine sort de la maison où séjourne Jae. Je m'écarte de Stone, qui m'agrippe par la taille et me tire en arrière pour que je me tienne devant lui.

— Ne va pas trop loin, pas tout de suite, me murmure-t-il à l'oreille, et quand je sens son énorme érection calée contre mes fesses, je comprends qu'il essaie de cacher ce renflement à l'homme devant la porte d'entrée.

— Je peux vous aider ? demande l'homme, qui cille de ses yeux endormis.

— Je suis Narah, la sœur de Jae, et je suis venue la voir. Je sais qu'il est tard. Je pourrais peut-être simplement jeter un rapide coup d'œil sur elle ?

Il m'étudie durant un long moment puis hoche la tête.

— Oh, oui, désolé. Je ne vous avais pas reconnue au début dans le noir. Elle dort, mais vous pouvez entrer.

Les mains de Stone sur ma taille s'adoucissent.

— Si cela ne vous dérange pas trop, j'adorerais.

— Elle n'a pas cessé de parler de vous.

Il ouvre plus grand la porte sur une pièce éclairée à la bougie.

— Tout le monde dort, alors s'il vous plaît, ne faites pas de bruit.

— Bien sûr.

J'avance d'un pas.

— Je reste là, dit Stone qui recule déjà quand je lui jette un coup d'œil par-dessus mon épaule.

Avec un sourire, je me tourne et me précipite dans la maison, impatiente de voir Jae. Je détestais être loin d'elle, alors je suis ravie qu'elle soit en sécurité. La maison est douillette, avec de petites pièces et des murs en bois recouverts de fleurs séchées suspendues. Nous avançons dans le couloir étroit qui mène à la première chambre, et l'homme place soigneusement sa bougie allumée sur la petite table juste à l'entrée.

— Elle est dans le lit de camp à côté de la fenêtre, murmure-t-il.

Je jette un coup d'œil dans la pièce alors que la lumière de la bougie derrière moi éclaire une partie de l'obscurité. Je cligne des yeux et vois trois petits lits dans une pièce minuscule, et sur la droite, Jae est blottie sous une couverture. Mon cœur s'envole en la voyant saine et sauve, tout comme les deux autres filles de la pièce. Elle et Kaira sont la seule famille qu'il me reste, et je ferai tout pour leur offrir la vie qu'elles méritent.

— Narah, croasse-t-elle.

Avec un petit cri de joie, je me précipite vers elle, submergée d'excitation, et je m'agenouille à côté du lit de camp. Elle s'assied, se frotte les yeux et je ne peux plus attendre, je l'étreins.

— Tu m'as manqué, Jae, chuchoté-je.

Son corps garde encore la chaleur du sommeil quand elle me serre dans ses bras, m'enveloppant presque. Puis elle respire lourdement. Attendez... Est-ce qu'elle s'est endormie ?

— Jae ?

Elle tressaille et recule avec un petit gémissement.

— C'est bien, marmonne-t-elle. As-tu retrouvé Mère ?

Quelque chose se serre dans ma poitrine lorsque

l'image de notre mère envahit mon esprit : morte dans les bois, la gorge arrachée par les loups de Martell. Avant que je laisse Jae ici, elle m'a dit qu'elle préférait que je ne trouve pas notre mère, et je comprenais son inquiétude. Parfois, la vérité s'avère plus terrifiante que ce que notre esprit aurait pu imaginer.

— Nous en parlerons demain. Il est tard et je ne voudrais pas réveiller les autres filles de la chambre.

— Mmmh.

Elle recule et se glisse à nouveau sous les couvertures, fermant déjà les yeux.

— Fais de beaux rêves, sœurette, lui dis-je en la bordant, avant de l'embrasser sur le front. On se voit demain matin.

Sa respiration est lourde à nouveau, alors je me glisse hors de sa chambre.

— Merci, dis-je à l'homme qui semble à moitié endormi. Navrée de vous avoir dérangé. Je peux respirer plus facilement maintenant que sais qu'elle va bien.

Son sourire doux et ses yeux bienveillants me rappellent mon père, qui me fixait d'un air entendu avant de prononcer des paroles pleines de sagesse. J'avais l'habitude de lever les yeux au ciel quand il le faisait, mais aujourd'hui je m'accroche à ses mots avec l'énergie du désespoir. Ils sont tout ce qui me reste de lui.

L'homme se racle la gorge.

— Juste derrière notre maison, nous avons une petite salle de bains que nous partageons avec les voisins. Il y a de l'eau chaude pour les douches et ma femme a des vêtements propres sur les étagères.

Il me regarde, puis frotte un pouce sur sa propre joue.

Je l'imite et trouve du sang séché sur la mienne, avant de remarquer la quantité de sang qui a éclaboussé ma robe.

— Heureusement qu'il fait nuit, Jae ne m'a pas vue comme ça, dis-je avec un sourire bancal. Merci.

— Jae est une fille merveilleuse, qui a juste besoin de temps pour profiter de sa jeunesse. Elle a vu bien trop de choses pour son jeune âge, n'est-ce pas ?

Il fronce les sourcils, et je ne le prends pas personnellement.

Tout ce que mes sœurs et moi avons vécu résulte des actions des autres. J'acquiesce d'un mouvement de tête : j'aurais voulu pouvoir les préserver, elle et Kaira.

— Merci encore de vous être occupé d'elle.

Il hoche la tête et ouvre la porte d'entrée.

Je regarde autour de moi alors que je sors dans la nuit, et ne trouve Stone nulle part. Un vent froid passe, balayant mes cheveux, et je décide d'accepter l'offre de l'homme. Je fais le tour de la maison et trouve une petite cabane en bois. J'entre, et trouve une lampe à pétrole qui illumine la salle de bains. Il y a une baignoire en bois sur la gauche, une douche ouverte sur la droite, et à l'arrière se trouvent des étagères en bois avec des serviettes et divers vêtements pliés. Refermant la porte derrière moi, je me précipite vers la douche et l'allume. Elle fait un bruit sourd, et je sursaute lorsque l'eau jaillit par petits jets. À ma grande surprise, elle est chaude, et j'ai envie de pleurer de joie. Une douche chaude est précieuse et rare.

Je me déshabille, laisse tomber mes vêtements sales et je saute sous le jet. L'eau chaude frappe ma peau, et je gémis tout bas. Attrapant le pain de savon que je trouve sur la petite étagère au mur, je frotte tout le sang sur mon corps en faisant mousser le moindre centimètre, puis je me lave les cheveux. Je termine ma douche rapide, et coupe l'eau pour ne pas tout utiliser. Je fais passer mes cheveux par-dessus mon épaule, et réalise à ce moment-là que je n'ai pas pris de serviette à l'autre bout de la pièce. L'eau me pique les yeux alors que je cherche à tâtons une serviette accrochée au mur juste à l'extérieur de la douche. Pas de chance. Je me retourne pour en chercher une, et une ombre me tombe dessus. Je me crispe et un couinement déchire le silence quand je trouve quelqu'un d'autre dans la pièce.

Mes yeux s'écarquillent sous le choc.

CHAPITRE 7

NARAH

—D e… Depuis combien de temps tu me regardes ? gémis-je.

Les coins de la bouche de Ragnar se soulèvent en un sourire de pécheur, savourant l'impact qu'il a sur moi. En temps normal, j'aurais trouvé une réponse spirituelle, mais à cet instant, elle est coincée quelque part dans ma libido, surtout que je ne peux empêcher mes yeux de se promener sur son corps spectaculaire.

— Assez longtemps.

Il est totalement nu, se tenant nonchalamment à quelques mètres de moi, la tête inclinée sur le côté. Ses lèvres s'entrouvrent quand il inspire brusquement en contemplant ma nudité. À en juger par son érection, il a passé un bon moment à me regarder.

Je halète en sentant la chaleur monter en moi, m'entourer et m'engloutir. Je plaque les mains sur mon corps, surtout par réflexe, vu que cet homme m'a déjà vue nue, et je suis partagée entre l'envie de courir pour attraper une serviette et le laisser regarder autant qu'il le veut.

Je suis incapable de détacher mon regard de lui : sa poitrine taillée dans la pierre, ses abdominaux tout en angles et en courbes.

Son biceps fléchit quand il passe une main dans ses cheveux, et plus je regarde ce bel homme, plus des papillons explosent dans mon ventre.

Il est la perfection incarnée : grand, massif, et un regard de convoitise dans les yeux.

Mon attention redescend une fois encore le long de son corps, car je n'ai aucun self-control. Son membre est dur, bien droit, et la longue veine qui le parcourt est bombée. Évidemment, il est énorme, mais le revoir me rappelle l'anaconda auquel j'ai affaire.

Sa main descend plus bas, suivant mon regard, et s'enroule autour de son sexe épais. Il l'empoigne et siffle : ses intentions à mon égard sont claires.

Je pourrais me mettre à gémir et serrer mes cuisses l'une contre l'autre à cette simple vue.

— Qu-qu'est-ce que tu fais ici ? Comment as-tu su que j'étais là ?

Je dis tout cela d'une seule traite, surprise d'arriver à articuler des mots.

Toutes mes pensées rationnelles disparaissent, je me perds trop vite, surtout sous son regard. J'aime sa manière de fixer mon corps, même si je crains de ne pas être assez bien par rapport à sa compagne. Je n'arrive pas à me sortir de la tête les paroles de Stone quant à ses difficultés pour l'oublier. Dans mon esprit, elle est extravagante et c'est une déesse du sexe. Je me dis que le lien qu'il a avec elle vient de leurs loups, mais essayez de convaincre le monstre aux yeux verts en moi qui a envie d'arracher le visage de cette femme.

— Je t'ai suivie ici pour parler, mais ensuite...

Il passe le dos de sa main sur sa bouche, pour me faire comprendre qu'il bave.

— J'ai oublié de quoi nous devions parler.

Mon corps se tend, hyper conscient de chacun de ses mouvements alors qu'il se dirige vers moi, son membre rebondissant à chaque pas, m'hypnotisant. Jamais je n'aurais pensé être attirée par un sexe aussi énorme.

— Rends-toi utile et va me chercher une serviette, lui dis-je, parlant avec assurance, car je me doute que s'il s'approche encore, je perdrai tout contrôle.

Il ne détourne pas le regard et s'arrête juste devant moi. *Oh bon sang, est-ce que son sexe vient de toucher mon ventre ?* Il est possible que j'aie haleté.

— Tu n'en auras pas besoin, râle-t-il, la voix rauque et terriblement sexy.

Prenant mes mains, il les abaisse de part et d'autre de mon corps.

— Ne me cache pas ton corps. Il est magnifique, et je veux voir chaque centimètre de toi.

Mon corps palpite d'excitation, sa chaleur m'enveloppe, et ce sourire sensuel dévastateur me défait complètement. Même ma louve, qui m'a trahie avec Martell, fait silence, comme si elle avait conscience qu'un *véritable* Alpha se tient devant nous.

Ragnar soulève ma main et presse le bout de chaque

doigt sur le coussin doux de ses lèvres, puis les embrasse. Il étudie mon corps, mon visage, tout de moi. Mes joues s'enflamment et mon pouls martèle mes oreilles. Avec lui, je me sens incroyable et invincible, comme si j'avais le droit d'être adorée, comme si je représentais le monde pour lui.

— De quoi voulais-tu parler ? demandé-je docilement alors que je sens une palpitation entre mes jambes.

Je n'ai qu'une envie, me pencher et sentir ses lèvres contre les miennes, ressentir chaque centimètre de lui sur moi.

— La seule chose à laquelle je pense, c'est que je vais te prendre contre les murs, et que tes cris diront à tout le monde que tu es à moi, murmure-t-il en abaissant sa main sur mon épaule. Sais-tu à quel point c'était difficile de te regarder passer tes mains sur ton magnifique petit corps dans la douche et de ne pas te rejoindre ? À quel point j'ai envie de m'enfoncer en toi ?

Je suis stupéfaite de son aveu, même si je ne devrais pas l'être. Depuis que j'ai fui les Loups de la Tempête, j'ai remarqué la lutte dans les yeux des hommes lorsqu'ils me regardent, entre tension et désir insupportable.

— D'abord… commence Ragnar, attirant de nouveau mon attention sur lui. Je veux que tu te mettes à genoux pour me sucer, ordonne-t-il en appuyant sur mon épaule. J'ai besoin que tu mémorises mon goût, que tu te souviennes de la sensation de mon membre dans ta bouche. Ce soir, je vais imprimer ma marque sur toi à nouveau, et putain, elle va rester collée.

Les mots brûlants de Ragnar sont comme un murmure sur mes lèvres.

Avec lui, je ne sais jamais vraiment à quoi m'attendre. Ce soir, il est d'humeur plus sombre et taquine, déclenchant ce picotement en moi qui a commencé au moment où je l'ai repéré en train de me regarder, cette démangeaison à l'idée qu'il me revendique... totalement. Ma louve a beau se languir pour Martell, s'enroulant autour de mon cœur comme un fil barbelé, mon corps exige Ragnar.

Mus par leur propre volonté, mes genoux se ramollissent et je me baisse devant lui, son sexe dans mon visage. Il est grand, épais et long. Tout en lui est impressionnant. Il est possible que je salive, même si je suis novice en la matière. Ce parfum hypnotique, un musc léger, m'enveloppe, et son sexe m'inonde. C'est captivant.

— Cela signifie-t-il que tu es maintenant prêt à me partager avec tes hommes ? demandé-je, levant un regard confiant vers lui.

À travers ses yeux mi-clos, il me scrute, puis se gratte le menton.

— Cela n'a rien à voir avec eux, grogne-t-il, me prenant au dépourvu.

D'accord, c'est toujours un problème présent à son esprit.

— Je peux encore sentir l'odeur de Martell sur toi, et ça me rend fou. Je vais effacer toute trace de lui sur toi, et rappeler à ta louve à qui tu appartiens. Ce soir, je veux que tu te soumettes à moi.

Sa main glisse sur ma nuque et me pousse vers son membre. Un membre incroyable, en plus.

Concentre-toi, Narah. J'ai du mal à réfléchir correctement quand je suis face à son aine.

Ragnar est plus rude ce soir, plus sombre, et je ne devrais peut-être pas lui céder si facilement. Mais quand je le regarde dans les yeux, je sais que nous avons tous les deux besoin de cela pour réparer les choses entre nous. Ce qu'il m'offre est un pur bonheur et une évasion.

En enroulant mes doigts autour de sa hampe, je resserre légèrement ma prise et il s'agite dans ma main, sa peau brûlante et pleine de chaleur dure comme de la pierre.

Soudain nerveuse, j'avoue :

— C'est la première fois que je fais ça.

— Alors nous irons lentement.

Sa voix est impitoyable, il veut me revendiquer, me faire sienne, et que la déesse me pardonne, mais j'ai tellement envie de lui que mon cerveau est embrumé.

Saisissant son membre, je l'enfonce dans ma bouche, et un bourdonnement d'excitation me parcourt l'échine. Étonnamment, il est chaud, d'une manière réconfort-ante. Il a un goût légèrement sucré salé, et il est difficile de mettre le doigt sur une saveur, sauf pour dire que c'est extrêmement agréable.

Je le suce, en l'écoutant prendre une brusque inspi-ration qui me fait frissonner de partout. Balançant la tête de haut en bas, je sens son corps se raidir et je sais que je fais bien les choses. Il glisse la main dans mes cheveux alors qu'il me guide lentement vers l'avant, s'enfonçant plus profondément dans ma bouche. Il frappe l'arrière de ma gorge, qui se ferme alors que mon réflexe nauséeux se déclenche. Je le retire de ma bouche avec un petit bruit, les yeux larmoyants. Je le regarde, haletant pour respirer. Il passe son pouce sur ma joue dans un geste apaisant.

— Prends une longue inspiration et détends-toi, petit renard. Fais travailler ta gorge pour qu'elle m'accepte. Maintenant, ouvre-toi pour moi, et essayons à nouveau.

Sa main sur ma mâchoire, je l'attire à nouveau dans ma bouche et referme mes lèvres autour de lui. En travaillant ma gorge autour de lui, je le prends progressivement plus loin... et je me souviens de respirer. J'aplatis ma langue sous son sexe tout en me tenant à ses cuisses solides.

Il gémit, sa main sur l'arrière de ma tête, et s'enfonce plus profondément en moi. Il est parfait dans ma bouche, doux mais ferme. Je le suce, le caresse avec ma langue, et travaille ma gorge pour en prendre plus.

— J'adore te voir comme ça... à genoux avec ma queue complètement dans ta bouche. C'est une si belle image.

L'envie de le relâcher et l'obliger à me supplier d'en avoir plus est tentante. Ses hanches se cambrent vers l'avant, mais il garde sa main sur ma tête. Il a besoin de garder le contrôle, de me dominer, même si cela lui procure un plaisir extrême.

Même si j'hésite à accepter qu'il me force à rester

sous son commandement, une excitation ardente s'accumule entre mes cuisses à mesure que mon désir grandit. Je n'aurais aucun mal à m'écarter de lui s'il n'était pas si impitoyablement beau, et qu'il ne me rendait pas folle.

Je glisse une de mes mains sous ses bourses, je les pousse vers le haut et je les caresse. Ses grognements sont pour moi le consentement dont j'ai besoin pour continuer alors que je le suce et le masse.

Sa main se resserre sur l'arrière de ma tête, s'agrippe à mes cheveux, sa respiration s'accélère. Je ne m'arrête pas, parce que quelque chose en moi recherche son approbation, a envie de savoir que mes gestes l'ont fait basculer.

— Ça suffit, siffle-t-il et il se retire de ma bouche.

Levant les yeux vers lui, je me lèche les lèvres et il prend mon bras pour me relever. Son visage est rouge de désir.

— Laisse-moi finir, dis-je en tendant la main vers lui.

Il la prend dans la sienne.

— Je suis loin d'en avoir fini avec toi, mais ce soir, je ne vais pas jouir dans ta bouche. Ce soir, j'ai besoin que toi tu jouisses sur moi.

Il affiche un sourire narquois, et je vois la perversité dans son regard.

Il pose les doigts sous mon menton, faisant basculer ma tête en arrière et il se penche. Mon cœur s'emballe. Attirée par lui, je m'avance, me hissant sur la pointe des pieds pour l'atteindre, et nos bouches s'entrechoquent.

J'inspire fort et il m'embrasse brutalement. Mes lèvres seront meurtries au matin, mais malgré cela, je me colle à lui, m'accrochant à ses bras, aspirant à son contact, à ce qu'il me revendique. Je ne peux pas contrôler la réaction de mon corps.

Me prenant par le coude, il me fait sortir de la douche et nous déplace au milieu de la pièce, où l'eau ne rend pas le sol glissant. À quelques pas de la porte, il s'accroupit devant moi, et l'idée que quelqu'un entre et nous surprenne me traverse l'esprit. Peut-être devrais-je trouver quelque chose pour nous enfermer.

Sa bouche s'enroule soudain autour de mon sein, et j'oublie tout. Il suce mon mamelon sur lequel il tire jusqu'à ce que cela devienne douloureux, mais qui me fait gémir pour qu'il continue. Il ne s'arrête pas et fait subir le même assaut à mon autre téton, qu'il pince. Je sais que cela va laisser des marques.

Mes mains se glissent dans ses cheveux que j'empoigne alors que mon pouls bat plus fort dans mes oreilles. Le désir démesuré que je ressens enfle, et la sensation est enivrante. Il me fait perdre le contrôle alors que la chaleur s'accumule entre mes jambes. Jouant à mon tour la partition de Ragnar, je le pousse plus bas le long de mon corps. J'ai besoin de lui là où j'ai mal.

Il éclate d'un rire sombre en se mettant à genoux. Passant un bras derrière mon genou, il lève ma jambe par-dessus son épaule, m'ouvrant ainsi.

— Merde ! J'aime ton odeur. Je vais te faire vivre une telle expérience que personne ne sera à la hauteur et que tu ne m'oublieras jamais. Ensuite, je te prendrai contre ce mur, si fort que tu me sentiras encore dans une semaine.

Il pousse son visage entre mes jambes, repérant mon clitoris palpitant.

Je gémis, m'accrochant à ses cheveux alors que sa langue parcourt mon intimité, poussant entre les replis. Je suis trempée, et il me dévore. Je me trémousse contre lui pendant qu'il me ravage. Et je frémis à cause de ses mots, de sa manière brutale de me manger. Ragnar est implacable, il me force à emprunter sa pente glissante, celle où je ne pourrais jamais oublier les choses qu'il me fait.

À ce moment-là, ma louve gémit, mais je suis fatiguée de ses protestations, épuisée de cette nostalgie de Martell dans mon corps. Je veux qu'il disparaisse, et Ragnar m'offre une porte de sortie.

Suçant mes lèvres intérieures, il enfonce deux doigts en moi, si fort que je suis sur le point de me perdre. Je me frotte contre son visage, m'accroche à lui.

— Oh mon Dieu, ne t'arrête pas !

Mon corps tremble férocement à cause de la puissance de ses doigts en moi.

Il relève les yeux vers moi, la bouche brillante.

— C'est *moi*, ton dieu, Narah, grogne-t-il. Tu vas me vénérer. Tu me supplieras d'en avoir plus et tu écarteras ces jolies jambes pour moi chaque fois que je l'exigerai.

— Aaah, haleté-je alors qu'il accélère le rythme de ses doigts sans jamais s'interrompre.

Son sourire est purement diabolique, sachant que je

suis à sa merci. Lorsqu'il appuie le plat de sa langue sur mon intimité, titillant mon clitoris, mon corps se crispe et une avalanche d'excitation s'abat sur moi. Je m'agite et me défais totalement sur sa bouche. Il enfouit sa bouche contre mon sexe, qu'il suce, qu'il prend tout entier.

Je tremble, mes jambes sont faibles, un cri s'échappe de ma gorge. Ce n'est que grâce à lui que je tiens debout. La sensation est hypnotique, me laissant complètement en vrac, le souffle coupé et le sexe palpitant. Perdant la notion du temps, je frémis un bon moment, redescendant de mon extase. Mais j'ai l'impression que des heures se sont écoulées, les heures les plus béates de ma vie. Évidemment, ce sont plus certainement des minutes, mais je souris, rayonnante.

Ragnar repousse ma jambe de son épaule, et je suis en équilibre instable sur mes pieds. Mais il me stabilise en me tenant les hanches. Ses doigts s'enfoncent dans ma peau, augmentant la sensation qui me parcourt encore. Il se dresse devant moi, large et très intimidant.

— T'es-tu déjà goûtée, Narah ?

Je secoue la tête.

— Je n'ai pas vraiment d'expérience avec ces choses-là.

— Oh, tu te débrouilles incroyablement bien.

Son menton et sa bouche brillent de mon nectar, et pendant un court instant, je suis fière de voir ce puissant Alpha avec un peu de moi sur son visage.

— Je veux me goûter sur toi, ronronné-je d'une voix rauque.

Il m'embrasse sans cérémonie, nos lèvres dansant dans leur propre spectacle charnel. Je me goûte sur sa bouche et sa langue. C'est léger, presque sucré et un peu épicé. L'odeur me fait tourner la tête. Il se frotte contre moi, déposant mon nectar sur ma bouche, mes joues, et ma mâchoire.

C'est plutôt mignon.

— Tu as le goût du miel, Narah, un nectar sucré, et je le veux partout sur moi, dit-il d'une voix rauque avant de se lécher les lèvres.

Ses mains puissantes tombent sur mes hanches, puis sur l'arrière de mes cuisses, et il me soulève en un clin d'œil. J'entoure de mes jambes la taille de cet homme fort, et passe mes bras autour de son cou pour m'accrocher.

Une main sur mon postérieur, il me saisit comme si je ne pesais rien. Son autre main se glisse entre nous pour attraper son membre, qu'il fait glisser sur ma peau lisse, avant d'en enfoncer l'extrémité en moi. Je me cambre contre lui, pressant mes seins contre sa poitrine nue, sentant déjà à quel point il va m'étirer.

— Es-tu prête pour moi ? demande-t-il comme si c'était une question alors que je suis trempée et que je gémis pour lui.

Très bien, je vais prendre ça pour un oui. Je vais te remplir de ma semence et remplacer chaque molécule du parfum de Martell sur toi. Après ça, tu ne pourras plus aller nulle part sans que je te retrouve.

Je cligne des yeux en le regardant, je respire fort. C'est un monstre furieux, terriblement jaloux que

Martell se soit approché de moi. Je me crispe. À cet instant, je comprends mieux à quel point cet Alpha est possessif. Je devrais m'en agacer et le repousser, et pourtant je plonge dans son regard, prête à me donner à lui encore et encore.

— Je vais tout accepter, Ragnar, mais prends-moi maintenant.

Je chasse les autres pensées de ma tête, sachant qu'elles reviendront me hanter plus tard. Pour le moment, je veux simplement que Ragnar m'emmène loin de ce monde et me fasse oublier Martell.

Un lourd grognement émane de sa poitrine alors qu'il se plaque contre moi sans relâche, sans prendre le temps de me laisser m'adapter à lui. Je crie, mon corps tendu alors qu'il s'enfonce en moi jusqu'à la garde. Je halète. Bon sang, je sens chaque centimètre de lui enfoncé en moi, repoussant mes parois intimes.

La pièce balance autour de moi alors qu'il me prend vite et sans ménagement. Mes doigts s'enfoncent dans les muscles puissants de son cou, sautant de haut en bas sur son érection tandis qu'il me pilonne.

Son regard se porte un instant sur mes seins qui rebondissent, puis il me regarde avec un délicieux sourire. Les muscles de son cou se contractent, retenant mon regard tout en me revendiquant sauvagement.

Au fond de mon cœur, je suis totalement perdue pour cet homme. Je ne sais pas quand je suis tombée à ce point amoureuse de lui, et lui suis devenue fidèle, mais je sais que je ne céderai pas sur le fait qu'il veuille que je le choisisse plutôt que les autres. Ça me brise d'y penser, et j'ai besoin de lui faire entendre raison.

Au fond de moi, je sais que s'il n'est pas d'accord, cela me détruira.

— Je suis fou de toi, Narah, halète-t-il.

Je sais qu'il en pense chaque mot, et quelque part au creux de ma poitrine, je suis touchée. Quand je l'embrasse, c'est addictif, et j'ai faim de lui. Il me fait cet effet.

Nos langues s'emmêlent et je m'accroche à lui. Quand je reprends mon souffle, un gémissement m'échappe tandis que mon corps se tend à mesure que mon orgasme monte.

Il s'arrête quelques instants pendant que je respire, puis nous amène vers le mur, en continuant à me pénétrer. Je ne sais pas comment il y arrive, mais son endurance et sa force sont insensées. Il ne marche pas tout à fait droit, certes, mais c'est super impressionnant.

— Je suis tout près, grogne-t-il, plantant son épaule contre le mur pour se retenir alors que son corps tremble.

— Wouah ! haleté-je sous l'impact, mais il est trop loin.

Il rugit quand son explosion le traverse. Tournant le dos à la porte, il me retient et remue les hanches.

Un feu éclate en moi lorsque je le sens palpiter à l'intérieur. Je crie et me trémousse contre lui, je le sens jouir en moi, m'emplissant de sa semence. Ses lèvres sont sur mon cou, pinçant ma chair, et ses respirations deviennent plus rapides.

Je halète, mon intimité détrempée après nos ébats. Il plaque les mains sur la porte dans mon dos, et je m'accroche à lui pour ne pas tomber. Il est désespéré et sauvage, et je sens que les sons bestiaux qu'il fait vont devenir ma nouvelle addiction.

Puis il mord mon cou.

— Oh, merde ! m'écrié-je, clouée sur place.

Sous le coup de la magnifique douleur de ses dents qui transpercent ma peau, mon corps se déchire alors que mon orgasme me met en lambeaux. Une nouvelle vague de désir charnel s'abat sur moi, me renversant jusqu'au plus profond de moi-même.

Je le sens grandir en moi, épaissir. Il est en train de nouer, s'assurant de me remplir totalement, me gardant captive sous son charme.

— Tu es à moi maintenant, grogne-t-il, la voix et le regard assombris car nous sommes allés très loin.

Du sang macule ses lèvres… mon sang.

Des bruits de bois qui se brise éclatent autour de nous, puissants et inattendus. Ensuite, la porte derrière Ragnar cède, arrachée de ses gonds, et s'écrase au sol. Nous tombons avec elle, et je crie à cause du choc. Ragnar s'écrase, heurtant la porte avec son dos, et moi verrouillée contre lui. Je rebondis contre son corps, mais il me tient fermement, me protégeant.

Il me faut quelques instants pour que la réalité nous rattrape et que nous réalisions que nous sommes allongés à l'extérieur de la salle de bains, sur une porte cassée, et que nous ne sommes pas seuls. Deux gardes se tiennent à proximité, tout aussi surpris que nous, scrutant la scène de leurs yeux exorbités.

Mes joues s'enflamment et je me plaque contre Ragnar qui s'assied, les bras enroulés autour de mon dos. Il tourne la tête vers les gardes stupéfaits.

— Bordel, mais qu'est-ce que vous regardez ? braille-t-il. Dégagez avant que je n'arrache vos yeux de leurs orbites.

Les hommes se précipitent pour sortir de là. Même avec mon cœur qui bat à mille à l'heure, quand je regarde Ragnar, il me fait un sourire en coin et j'éclate de rire. Il grogne, et son corps se raidit.

— Mon petit renard, continue à me serrer comme ça, et on va rester collés l'un à l'autre toute la nuit.

Il est coincé en moi avec son membre engorgé. Et juste à ce moment-là, je suis prise d'un fou rire.

— Je suppose qu'on va devoir affronter ce problème.

CHAPITRE 8

RAGNAR

Ça fait plus d'une heure que j'ai couché avec Narah, et je la sens encore.

Même alors que nous sommes assis dehors sur un tronc d'arbre près du feu de joie, je n'arrive pas à la sortir de ma tête.

La douceur de son corps contre le mien, ses jambes enroulées autour de mes hanches et ma queue enfouie au plus profond de sa douce intimité sont imprimées en moi. Elle était trempée, et son goût et son odeur m'ont envahi. Même maintenant, mes doigts picotent au souvenir de ses magnifiques seins dans mes paumes

À en juger par son air stupéfait, elle ne s'attendait pas à ce que je la fasse agenouiller devant moi. Elle était magnifique avec ses pupilles dilatées et son souffle bloqué dans sa gorge quand elle a levé les yeux sur moi. Elle était effrayée de me désirer à ce point. Je l'ai vu à sa manière de se couvrir avant de me sucer avec avidité.

J'ai aimé qu'elle ait l'air apeurée et vaincue devant moi.

M'envoyer une personne aussi parfaite que Narah est une distraction que je me suis autorisé alors que j'aurais dû éviter. Alors que j'aurais dû me contenter de prendre ce que je voulais et ne pas regarder en arrière.

Mais ai-je seulement eu le choix ? J'en doute. Son corps est fait pour le péché, et chaque fois que je la regarde, j'ai envie de m'enfoncer en elle et d'y rester, de sentir son intimité se contracter autour de moi. Ses cris quand elle en redemande m'étouffent, me rendent faible, alors comment pourrais-je l'ignorer ?

Je ne suis pas prêt à l'abandonner. J'avais envie d'elle depuis que nous l'avons récupérée, et la première chose que j'ai faite a été de m'envoyer en l'air avec elle, espérant me l'enlever de la tête. Bien sûr, cela n'a rien donné. La moitié du temps, j'essaie de me persuader que ce genre de merde fonctionne, de me glisser dans son pantalon et ne pas me préoccuper du reste de mes pensées.

À cet instant, cette créature époustouflante est en train de regarder le feu de joie devant nous, tandis que la lune brille fort au-dessus du paysage. Elle savoure un sandwich au jambon rôti et au fromage. Il nous a fallu deux heures pour que mon membre engorgé redescende, et quand nous sommes ressortis de la salle de bains, les autres étaient tous allés se coucher. J'ai donc fait préparer rapidement des plats pour nous.

Fourrant le dernier morceau dans sa bouche, elle brosse les miettes sur la robe qu'elle a trouvée dans la salle de bains. Il faudra que je demande à Stone de réparer la porte cassée dans la matinée. C'est lui le manuel dans notre groupe.

— Je ne crois pas que ça ait marché, dit tranquillement Narah, et si je n'avais pas été en train de la regarder, je n'y aurais pas prêté attention.

— Quoi donc, petit renard ?

Je me tourne vers elle, balançant une jambe par-dessus le rondin, l'enjambant pour lui faire face.

Elle pose son assiette vide sur le sol près de ses pieds et repousse ses cheveux noirs et sauvages hors de son visage. Le vent s'est levé, faisant voltiger le feu et projetant des braises dans l'air comme des lucioles. Narah le regarde, émerveillée, avant de me regarder.

— Ce que nous avons fait, tu sais ?

Est-elle en train de rougir ? Plusieurs habitants se trouvent de l'autre côté du feu de joie. Après que nous ayons cassé la porte de la salle de bains, elle est devenue nerveuse en présence des loups Aconit de cette meute.

C'est vraiment très agréable de regarder chaque mouvement que fait Narah. Elle frotte les miettes autour de sa bouche et j'envisage de me pencher pour les lécher sur son visage. Calant ses mains sous ses jambes, elle s'étire et remue ses orteils en direction de la chaleur du brasier. Elle a de longues jambes toniques, et elle est plutôt mince, ce que je vais devoir rectifier.

Peut-être que je l'apprécie trop, ce qui pourrait expliquer pourquoi je suis en transe auprès d'elle. Je doute qu'elle se rende compte de la profondeur des griffes qu'elle a plantées en moi ou à quel point j'avais envie de la pousser pendant le sexe. Je meurs d'envie de la voir attachée et complètement à ma merci. J'imagine à quel point elle serait magnifique, et je ressens des décharges de désir directement dans l'entrejambe.

La prochaine fois, c'est sûr.

Je secoue la tête et me concentre sur ce qu'elle a dit.

— Tu veux parler de quand je t'ai sautée ?

Ses yeux s'écarquillent sous le choc.

— Tu es obligé de le dire aussi fort ? Pourquoi ne pas carrément le crier pour que tout le monde puisse entendre ? Bon sang, je parie qu'ils sont déjà tous en train de parler de nous qui avons cassé la porte.

Je ricane. J'adore la voir se rattacher à des bribes d'innocence.

— D'accord, tu vas devoir développer car je n'ai aucune idée de ce dont tu parles.

Elle marque une pause, se tourne vers moi en pliant une jambe, puis elle baisse les yeux.

— Ta marque… Je ne crois pas que ça ait marché.

Elle porte la main à son cou, là où ma morsure rosit sur le côté.

— Qu'est-ce que tu veux dire, « ça n'a pas marché » ? Évidemment que si.

Je fronce les sourcils.

Elle expire bruyamment.

— Ma louve se languit toujours de Martell. Même maintenant, je la sens en moi, elle remue, elle gémit. Je déteste ce désir ardent qui monte en moi. Je déteste ce salaud, et pourtant ma poitrine se serre de chagrin d'être si loin de lui. La dernière fois que tu m'as

marquée, j'ai senti le changement presque instantanément, mais là, il n'y a rien.

Ses mots me frappent de plein fouet. Mais comment
se fait-il que la marque n'ait pas tenu ?

Je vois l'arête de son nez se plisser, et me rapproche
d'elle. Sa jambe pliée est calée contre mon aine. Je
repousse les mèches lâches qui flottent sur son visage, il
faut que j'arrange ça.

— Laisse-moi essayer quelque chose, lui dis-je en
posant une main contre sa poitrine chaude.

Mon loup bondit en avant, tout comme il l'avait fait
plus tôt dans la salle de bains, avide de connexion,
désespéré de se lier. Je ferme les yeux et ressens les
vibrations de sa louve, rapides et agressives ; ce n'est pas
ce que j'attendrais d'une louve connectée au mien. Je me
crispe, je ne comprends pas ce que j'ai fait de mal.

— Je ne comprends pas ce qui s'est passé, dis-je en
abaissant ma main sur le côté. Ça aurait dû fonctionner.
Mon loup a appelé ta louve.

— Depuis que ma mère nous a purifiés, j'ai l'impression d'avoir perdu des morceaux de moi-même.

Elle déglutit, puis soupire.

— Je me dis que cela prendra du temps, puis que je
redeviendrai normale. Mais je n'ai toujours pas ma
magie, et ma louve désire Martell plus fort qu'avant. En
plus, je ne sais pas comment parler à Jae de notre mère.
J'envisage de lui dire que nous ne l'avons pas trouvée et
d'en rester là. Tu comprends… retrouver quelque chose
que tu as perdu, puis, te le faire voler à nouveau, c'est
déchirant. Je ne peux pas faire ça à ma sœur.

— C'est un lourd fardeau pour tes épaules, Narah.

Ma poitrine se serre à l'idée de tous ces problèmes qu'elle a eus en tête, ajoutant au poids croissant de l'aveu que je ne lui ai toujours pas fait au sujet de son père. Devrait-elle s'inquiéter de ça en plus de tout le reste ? Si je ne lui dis pas et qu'elle l'apprend, est-ce qu'elle me détestera ?

— Ce sont des choses que tu ne peux pas contrôler, mais sorcière un jour, sorcière toujours, Narah. Je n'ai jamais entendu parler d'une personne qui aurait perdu ses pouvoirs.

— Et si j'étais la première ?

L'inquiétude creuse des rides aux coins de sa bouche.

Cela me perturbe de la voir de cette façon. Je tends la main et caresse sa joue, passant un pouce sur ses douces lèvres qui méritent de sourire plus souvent.

— Chez nous, au Danemark, il y a des sorcières qui portent un pouvoir dormant, qui s'active plus tard dans la vie.

— Comment ? demande-t-elle, l'air légèrement désespéré.

— En règle générale, avec un évènement traumatisant, ou le fait d'être en danger de mort peut être un déclencheur.

— Génial, soupire-t-elle, donnant l'impression qu'elle se flétrit. Ces deux choses me sont arrivées, et toujours rien. Et si j'étais vraiment brisée, Ragnar ? Et si je ne pouvais plus jamais faire de magie ?

Son front se plisse de frustration.

— Tu seras toujours ma Narah. Rien ne pourra

changer qui tu es, ta manière de te comporter, et ce que tu fais. Tu m'as dit que pendant la majeure partie de ta vie, tu as dû dissimuler tes pouvoirs, c'est bien ça ?

Elle hausse les épaules, puis acquiesce.

— Oui. Je sais ce que tu vas dire, que j'ai survécu sans cela avant, mais ce n'est pas la question. Kaira est toujours avec les sorcières, alors comment suis-je censé la sauver maintenant, sans magie ?

Je me redresse.

— Nous trouverons un moyen de faire revenir tes pouvoirs. Si une sorcière t'a aidée à échapper à Martell, nous en trouverons d'autres pour nous aider avec ta sœur.

Bien que j'aie prévu de les éliminer sans que Narah le sache. D'ici deux jours, Gregory nous rejoindra avec mes hommes près des Bois Empoisonnés où se trouvent les sorcières.

Cette garce de grande prêtresse mourra en premier. Ensuite, je ramènerai la sœur de Narah.

Si tout se passe bien, elle n'aura même jamais besoin de savoir que sa mère a ressuscité son père de là où elle l'avait enterré.

Elle soupire à nouveau.

— Ma mère m'a dit que je n'étais pas une sorcière ordinaire. Notre lignée familiale fait de moi une ensor-celeuse.

Je me crispe, car je ne connais que trop bien cette espèce. Je comprends la noirceur de leur magie, et qu'elles tirent leur énergie d'autres personnes, les épuisant jusqu'à la mort. J'ai entendu des histoires à leur sujet mais je n'en ai jamais rencontré.

Je lis l'inquiétude sur les traits de Narah, et je repense à tout ce dont j'ai été témoin de la part de sa mère.

Elle qui nous draine jusqu'à la mort.

Les villageois morts dans sa cave.

Son père ramené à la vie.

Je me suis dit qu'elle se servait de potions et de sorts puissants pour y parvenir, ce qui soulève la question : qu'a bu Gregory dans la fiole, et qui ressemblait à du sang ? J'ai comme le terrible soupçon que c'était le sang d'Allie, infusé de la magie qu'elle siphonnait de pauvres crétins comme nous. Est-ce pour cette raison que nous, tout comme les morts du sous-sol, ne sommes pas revenus en tant que morts-vivants ? Sa magie nous a affectés de manière différente, tout comme elle a mis les pouvoirs de Narah en sourdine.

— Je ne serai pas comme ma mère, dit brusquement Narah, reculant ses épaules dans un mouvement défensif.

— Je n'ai jamais dit que ce serait le cas.

— Pourtant, tu me regardes comme si j'étais un monstre.

Elle plisse les yeux en me regardant.

— Ce n'est pas vrai, réponds-je en secouant la tête. Ce que je regarde, c'est ton courage après tout ce que tu as traversé.

— Arrête de te moquer de moi, Ragnar. Dis simplement les choses comme elles sont. Ma mère était un démon, qui drainait les gens. Pour ce que j'en sais, elle en a tué un tas d'autres.

Elle n'a pas tort, mais je ne dis rien. Cela ne l'aidera pas à faire face à la réalité de ce que sa mère a fait.

Narah se détourne de moi et fixe les flammes, qui se reflètent dans ses yeux ambrés. Je pourrais presque voir son esprit faire des heures supplémentaires, repassant chaque souvenir, essayant de trouver une logique à la disparition de sa magie. Je laisse le silence retomber entre nous, mais rapidement elle tourne la tête dans ma direction.

— Je n'ai plus vraiment envie de parler de ça, si tu veux bien. Et sinon, tu voulais me parler ?

Elle parle d'un ton sec et s'éloigne de moi.

— Effectivement. Avant que toutes ces merdes ne s'abattent sur nous, nous n'étions pas en très bons termes.

Elle m'étudie, et je ne suis pas sûre de ce qu'elle veut que je lui dise. Que je suis désolé ? Que je suis totalement épris d'elle ? Que ça fait de moi un enfoiré jaloux, même envers mes propres hommes, qui sont comme les frères que je n'ai jamais eus ? Ils sont de la famille, et pourtant je bous intérieurement quand je les vois flirter avec elle, la toucher. Ça me tue que Stone et Nikos se la soient envoyée, et je sais que Crius n'attend que de saisir sa chance.

Je contracte la mâchoire, déchiré de me sentir aussi merdique.

— Je n'ai jamais ressenti cela pour quiconque, encore moins pour quatre Alphas. Je sais que tu as des choses à régler suite au départ de ta compagne. Stone me l'a expliqué. Je t'en prie, ne sois pas en colère contre lui. C'est moi qui me suis ouverte à lui au sujet de nous en premier.

Elle parle vite, elle semble nerveuse.

— Je ne suis pas contrarié. Ils connaissent tous mon passé.

Je suis plus ennuyé par le fait qu'elle ne vienne pas me voir pour parler de ses problèmes.

— Pourtant, tu ne leur fais pas confiance pour être avec moi ?

Sa voix est douce et ce sont des émotions sincères derrière ses mots, pas des accusations.

Ignorant la voix de mon esprit qui me dit qu'Eisa, mon âme sœur, m'avait aussi promis de m'appartenir, je me contente de regarder Narah. Elle pourrait être tout ce dont j'ai besoin. Cette personne pour combler le trou béant dans mon âme dont je m'étais résigné à penser qu'il resterait stérile. Mais qu'est-ce qui pourrait l'empêcher un jour de décider que je ne suis pas assez bien ? Que l'un des autres gars est tout ce dont elle a besoin ?

Le fait d'avoir de telles pensées me ronge et je me déteste. Je suis un foutu Alpha sur le point de déclencher une guerre dans le secteur Sauvage pour le revendiquer comme mon territoire. Et pourtant je me languis comme un adolescent en mal d'amour à l'idée d'avoir mal.

Reprends tes esprits, bon sang, Ragnar.

Mon loup grogne dans ma poitrine pour me ramener

à la raison, pour que je voie la beauté sous mes yeux et ne détruise pas mon unique chance avec elle. Évidemment, je suis un enfoiré. Une partie de moi n'est pas désolée, car je refuse de laisser quelqu'un d'autre me dévaster à nouveau. Mais l'autre partie voudrait laisser le passé derrière elle.

— Tout le monde me dit que le temps me changera, mais il n'a rien fait jusqu'à présent, admets-je. Je sais que tu veux que nous te partagions, mais j'ai du mal à accepter cette idée. J'ai tout partagé avec mes hommes, mais je n'ai jamais rencontré quelqu'un comme toi, et égoïstement, je te veux pour moi tout seul.

Elle ne dit pas un mot, mais son expression traduit sa déception. Elle fronce les sourcils, et je la regarde avec curiosité. Se soucie-t-elle donc à ce point de ma position sur ce sujet ? Je suis attiré par elle comme un papillon de nuit vers une flamme, et je ne pourrais pas m'en éloigner même si j'essayais. Alors je suis rassuré de voir que cette situation n'est pas facile pour elle non plus.

Je m'éclaircis la voix.

— Tu es à moi, Narah, mais si t'apporter du bonheur signifie accepter de te partager, alors...

Je prends une profonde inspiration qui se répercute jusqu'au fond de mes poumons.

— Je vais devoir trouver un moyen.

Son sourire me fait fondre. Elle s'approche et me serre très fort dans ses bras.

Je ne sais pas ce qui va se passer maintenant. Je dois tenir ma parole envers Narah, et je me dois à moi-même de me détacher enfin de mon passé et d'oublier ma compagne qui m'a rejeté.

Alors pourquoi ai-je l'impression d'avoir fait une erreur, et que je ne pourrai jamais m'en sortir si je ne gagne pas Narah ?

CHAPITRE 9

NARAH

$\mathcal{J}$e te promets que ça ne les dérangera pas si je vais à la pêche aujourd'hui, insiste Jae, assise en face de moi dans le mess de la meute.

Il est assez grand pour accueillir confortablement la plupart des membres de la meute des loups Aconit, même si c'est la fin de la matinée, donc il n'y a presque personne. Enfin, à l'exception de ma sœur et de ses nouveaux amis, plus une poignée de personnes situées quelque part derrière moi dans la pièce.

Sans un mot, elle lâche ma main et se tourne vers ses amis, qui apportent leur vaisselle sale à l'avant. Ils jettent leurs déchets dans la poubelle, puis déposent leurs assiettes sales avec toutes les autres dans des seaux.

— L'étang se trouve sur les terres de leur meute, donc c'est un endroit sûr, dit Jae en haussant les épaules.

Je sais que c'est nul, mais j'ai envie d'aller avec eux. Ils me font rire. Tu peux venir aussi.

Jae me regarde, pleine d'espoir.

Je ne peux pas vraiment lui reprocher de vouloir traîner avec ses amis et faire des choses normales. Elle a raté tellement de choses. Quand nous étions chez les Loups de la Tempête, pour leur propre sécurité, elle passait peu de temps avec les autres enfants. Trop d'hommes désespérés la lorgnaient comme si elle était de la nourriture, et cela me faisait froid dans le dos. Je veux qu'elle soit en sécurité.

— Ce n'est absolument pas nul. Ça a l'air amusant, et j'adorerais me joindre à vous, mais j'ai des choses à faire aujourd'hui, dis-je, mes pensées me poussant déjà à trouver Ragnar et discuter avec lui de la manière de sauver Kaira.

Pas de distractions ni d'émotions comme hier soir. Je veux juste que mes deux sœurs soient avec moi. Après cela, je ne sais pas trop où nous irons. Ma priorité, c'est de me remettre les idées en place avec Ragnar et ses hommes. La situation est volatile, elle mijote comme si tout pouvait exploser.

— Vraiment ? s'exclame Jae qui se relève d'un bon du banc en bois et récupère son assiette de petit-déjeuner sur la table. Merci, Narah ! Je vais nous attraper quelque chose pour le dîner.

Elle est si heureuse, elle sautille sur ses orteils, et j'adore la voir comme ça.

— La mère de tes amis vous accompagne, c'est bien ça ?

Elle hoche la tête.

— Plusieurs familles y vont, et toutes leurs mères aussi. Je te jure que c'est sans danger.

— Évidemment. Je veux que tu me racontes tout à ton retour.

Un sentiment de culpabilité s'agite dans ma poitrine. J'adorerais me joindre à elle, mais il faut que je retrouve les hommes et découvrir de quelle manière nous allons porter secours à Kaira. Ensuite, si j'ai le temps, je rejoindrai Jae pour pêcher.

Elle couine et vient me serrer dans ses bras, des morceaux d'œuf tombant de son assiette sur mes genoux. Je me contente de rire et d'essuyer les dégâts sur mon jean délavé tandis qu'elle court rejoindre ses amis.

Laissant le mess derrière moi, je me promène dans la lumière du soleil. Lorsque Ragnar et moi sommes retournés à notre cabane hier soir, les autres gars ronflaient comme des ours. Je me suis endormie dans ses bras, et au matin, la cabane était vide. Je n'ai vu aucun d'eux depuis.

En débouchant de derrière une cabane en bois, j'aperçois Ragnar. Il me tourne à moitié le dos, en grande conversation avec Lyssa, la fille de l'Alpha de la meute. Cela me prend au dépourvu, surtout quand je la vois passer son bras autour de celui de Ragnar sans qu'il la repousse.

Mes yeux les transpercent alors qu'un feu éclate dans ma poitrine, et que la vérité s'abat sur moi. Son père a menacé de la donner à ses hommes comme compagne, car il n'y a pas assez de femmes pour tout le monde. Alors, à quel point son monstre de père est-il différent de Martell?

Lorsque Ragnar a accepté de la prendre comme compagne, c'était une décision purement stratégique de sa part pour obtenir le soutien de cette meute dans sa tentative de prendre le contrôle du secteur Sauvage. Décision prise avant qu'il ne sache que j'existais, et maintenant les choses sont complètement chamboulées. Je ne peux pas détester cette fille parce qu'elle essaie de survivre, et pourtant j'ai envie de les massacrer.

Ses cheveux blonds retombent lâchement sur ses épaules, et elle porte une robe blanche qui lui arrive au niveau des cuisses avec des froufrous sur son décolleté et ses manches courtes. Ses lèvres couleur rubis arborent une moue permanente, comme une satanée grenouille. Je ne peux ignorer à quel point elle est belle. Des pommettes hautes, des yeux de cristal et une poitrine généreuse... et elle se frotte contre le bras de Ragnar. Son léger ricanement remplit l'air en réaction à quelque chose qu'il a dit, mais de l'angle où je me trouve, je ne peux pas voir le visage de mon amant, encore moins entendre ce qu'ils disent.

J'ai le tournis, et je brûle d'une colère noire. Une bataille fait rage entre ma raison et mon instinct, et la seule solution, c'est de trouver un autre homme à Lyssa et de l'éloigner du mien. Une idée ridicule et impossible, vu que je ne connais personne dans cette ville.

Ils se tiennent tout près l'un de l'autre, et je suis à deux doigts de foncer vers eux. À la place, je me contente de battre en retrait, avant de filer précipitamment à l'arrière de la cabane pour remonter de l'autre côté et être plus proche d'eux. Apparemment, je suis désespérée à ce point.

Je file vers un pommier qui trône entre deux maisons et dont les branches sont lourdement chargées de globes rouges. Ils dégagent une odeur sucrée et paradisiaque, mais je résiste à la tentation et me cache derrière le tronc avant de jeter un coup d'œil pour observer Ragnar et Lyssa.

Ils ne sont qu'à quelques mètres de moi, et je tremble de partout, les tripes en feu.

— Ragnar, ça semblerait suspect aux yeux de Père, ronronne-t-elle, faisant toujours la moue.

Mes entrailles brûlent plus fort.

Ragnar la regarde dédaigneusement, puis lève la tête vers le ciel en soupirant.

— Ça ne marchera pas pour moi.

Le bon côté des choses, c'est qu'il ne bave pas partout sur elle, mais cela ne m'empêche pas de m'accrocher à l'arbre en enfonçant mes griffes comme si c'était Lyssa.

— Pourtant, il le faudra bien. Ce n'est pas si difficile de passer un seul dîner avec ta compagne. Ça fait si longtemps que tu es parti loin de moi, Ragnar. Tu me manques.

Elle bat des cils pour lui.

Ses narines se dilatent et il détourne le regard, tandis qu'un masque de haine pure glisse sur le visage de Lyssa.

— C'est à cause d'elle, n'est-ce pas ? grogne-t-elle. Je la sens partout sur toi. Ça me dégoûte que tu montres de l'intérêt pour une métisse que tu as amenée chez nous. C'est une bâtarde.

Je retiens mon souffle. *Quelle garce !*

Ragnar se retourne vers elle avec un grognement, et elle recule, réalisant qu'elle l'a énervé. Il réduit la distance entre eux en deux pas et la surplombe, respirant bruyamment. Les bras raides le long de ses flancs, je m'attends à ce qu'il frappe.

— Assez, Lyssa ! Narah m'appartient, et cela ne changera pas.

Le sourire de Lyssa retombe, et elle jette un regard furieux à Ragnar quand il se tourne à nouveau pour partir.

— Un seul mot de ma part à Père, et tu perdras l'allégeance des Loups Aconit. Tu dois l'oublier.

Il marque un temps d'arrêt, et lui jette par-dessus son épaule un regard de haine pure.

— Si tu le fais, tu deviendras la prostituée de cette meute sur un simple mot de ton père.

Elle rejette les épaules en arrière, sa peau est aussi pâle que du lait. Elle relève le menton et le regarde d'un air menaçant.

— C'est un risque que je suis prête à prendre. Es-tu prêt à faire de même, Ragnar ?

Je déglutis fortement, et malgré mes paroles précédentes, je la déteste vraiment. Certes, le désespoir pousse les gens à faire des choses impardonnables, mais ce n'est pas une excuse.

Les yeux bleus expressifs de Ragnar se plissent quand il regarde Lyssa.

— Un repas, grogne-t-il à travers ses dents serrées.

Merde, il se moque de moi ?

— Parfait, répond-elle alors qu'une fois de plus, un sourire se dessine sur ses lèvres. Maintenant, Père veut te voir. On y va ?

Son ton est si mielleux que j'en ai la nausée.

Je vois rouge quand elle se déhanche dans sa direction.

Alors que je fais irruption de derrière l'arbre, c'est la fureur qui envahit mon esprit. Je m'élance derrière elle juste au moment où quelqu'un m'attrape la taille par-derrière et me détourne d'eux.

CRIUS

— *P*ose-moi, siffle Narah.

— Calme-toi, murmuré-je à son oreille, son dos contre ma poitrine alors que je nous emmène à l'opposé de Ragnar.

Au moment où elle s'est jetée sur lui et Lyssa, j'ai su ce qui allait se passer. Notre sorcière était devenue possessive envers Ragnar et aurait ruiné des mois de travail à cultiver une relation avec les Loups Aconit.

— Lâche-moi !

Elle se débat contre moi.

— Chut maintenant, lui chuchoté-je, resserrant mon bras verrouillé autour de ses épaules. Ragnar sait qu'il est à toi et que tu es assez puissante pour te battre pour lui, mais pas sur ce sujet, mon petit colibri.

— Vous êtes peut-être tous d'accord avec ça, mais pas moi.

Ses mots déclenchent quelque chose. Ragnar compte beaucoup pour moi aussi, mais si elle continue à frotter son derrière magnifique sur moi, nous allons avoir un problème.

Je me suis engagé dans cette mission pour Ragnar dans un seul but : l'aider à gagner son territoire, afin que je puisse obtenir mon entrée en tant que guerrier dans le Valhalla. Le chemin est simple comme bonjour, et je sais que Ragnar déteste mon plan, mais j'ai accepté de me joindre à lui dans ce seul but, ce qu'il a accepté. En fait, il a cette manière de vous rendre complètement loyal envers lui et de rassembler des adeptes comme les zombies sont attirés par les vivants. Ce type a un cœur d'or, même s'il est terrifiant à souhait quand il est furieux, et c'est une qualité difficile à trouver chez les gens dans ce monde maudit.

Narah n'est pas moins touchée par lui.

Je m'accroche à elle, essayant de l'obliger à se calmer, alors que je ne devrais rien en avoir à faire. Et pourtant, je suis captivé. J'ai envie de la déshabiller et de lui montrer ce qu'elle me fait. De lui faire vivre une extase sans pareille. De la faire sortir de ma foutue tête, pour pouvoir me concentrer à nouveau sur ma mission. Je ne veux plus laisser mon attirance pour Narah ou d'autres doutes s'infiltrer dans mes pensées… Des doutes que Ragnar a mis là, et qui ne cessent d'essayer d'insinuer que je devrais revoir mon plan.

— Crius, laisse-moi partir, râle Narah, et sa menace devient plus sombre, ce que j'apprécie particulièrement.

— J'adore quand tu as en colère. Tu as déjà fait l'amour en colère, Narah ?

Elle se renfrogne en me regardant par-dessus son épaule, et j'éclate de rire.

— Je vais prendre ça pour non. Quand tu seras prête, je te montrerai. Tu n'as jamais rien vécu de tel, mais je te promets que tu vas en redemander.

— Je… Je ne sais pas de quoi tu parles.

Elle jette un coup d'œil à l'endroit où Ragnar est parti.

— Oh, tu vas le découvrir, dis-je tout bas.

Elle se retourne vers moi, et je suis convaincu qu'elle m'a entendue. Très bien.

En la gardant tout contre moi, je n'ai aucun mal à voir à quel point elle est belle : des yeux ambrés flamboyants, des lèvres pleines que j'ai envie de mordre, et un derrière que j'ai une folle envie de prendre. Je suis pleinement conscient que, de nous quatre, je suis le seul à ne pas avoir plongé en elle, mais j'ai vu la façon dont elle m'étudie, je sens son excitation quand elle est en ma compagnie, et notre heure approche. Je m'en assurerai, une pensée fugace qui traverse mon esprit chaque fois que je la vois. Dernièrement, mon loup s'est montré plus agité que d'habitude à l'idée de la revendiquer.

Quand elle se calme enfin, je la libère, et elle s'éloigne de mes bras en trébuchant, avant de se lover contre moi. La douleur sur son visage me touche. Voir Ragnar avec Lyssa la tue, et même s'il déteste la fille en question, ça ne change rien au chagrin de Narah.

— Ça va aller, lui dis-je en la serrant plus fort. C'est promis.

— C'est juste que je déteste toutes ces conneries politiques qui se jouent ici, marmonne-t-elle. Je ne peux pas accepter que Ragnar prenne un repas avec elle… Elle n'est pas sa compagne, merde !

Elle écarquille les yeux.

J'adore sa personnalité passionnée. Bon sang, ça me donne la chair de poule. Je veux qu'elle s'enflamme autant pour moi un jour.

— Parfois, nous devons faire des choses que nous détestons pour le bien de tous.

Elle ricane, l'air sur le poing de me frapper au visage pour avoir osé dire ça. Qui est cette lionne qui est sortie de sa coquille ? Bon sang, que j'aime ce côté d'elle. Elle paraissait peut-être docile au début de notre mission, mais je commence à comprendre qu'elle nous a bernés.

— Il y a un festin ce soir, expliqué-je en la serrant dans mes bras, bien que ses mains se lèvent brusquement et se pressent contre ma poitrine. Nous sommes tous invités, alors quel mal y a-t-il à ce que Ragnar partage un repas avec elle en notre compagnie ? L'avantage, c'est que nous gardons de fortes relations avec son père, et que nous avons un endroit où ta sœur est en sécurité pendant que nous nous préparons à aller dans les Bois Empoisonnés.

Au moment où les mots quittent ma bouche, je me rends compte de mon erreur. Bon sang.

— Demain ? demande-t-elle, et ses yeux s'illuminent.

— Plutôt le jour d'après, mens-je.

Ragnar va me tuer pour avoir dévoilé nos plans à Narah. Il ne voulait pas qu'elle participe à la mission. *Beau travail, Crius.*

— Ragnar a besoin des Loups Aconit pour renforcer son emprise et sa force afin de prendre le contrôle du secteur Sauvage, lui dis-je doucement, penchant mon visage vers le sien. C'est magnifique que tu sois jalouse, mais ce soir, tu devras te retenir.

— Je ne suis pas certaine de pouvoir faire ça.

Elle me jette un regard noir, et j'aime la voir de mauvaise humeur et en colère.

Sans prévenir, je l'embrasse, écrasant mes lèvres contre elle, et la prends au dépourvu. Elle se crispe contre moi, mais elle ne me repousse pas. Je dépose une traînée de baisers sur sa joue, puis enfouis mon visage dans la courbe de son cou. En inspirant profondément, je me noie dans son parfum épicé et sexy. Les lèvres sur son cou chaud, je l'embrasse et la mords, torturant sa peau.

— Crius, marmonne-t-elle. Nous ne devrions pas être...

Ses mots se transforment en gémissements... et c'est là. Elle a envie de moi tout autant que je la désire.

La sentir frissonner contre moi me pousse à poser les mains sur sa taille, enfonçant mes doigts dans ses flancs. Aussi vite que j'ai commencé, je m'écarte et lèche son goût sur mes lèvres. Elle arbore cette expression stupéfaite qui m'excite plus qu'elle ne pourra jamais l'imaginer. Je suis le loup, et elle est mon agneau. J'adore ce jeu.

— Pourquoi m'as-tu embrassée ?

— N'est-ce pas évident ?

Faisant glisser ma main le long de son bras, je prends la sienne et la presse contre mon aine par-dessus mon jean. Mon membre durci se dresse à son contact, et elle ne tressaille pas. Elle me tient pendant un long moment, sans reculer, et pour la première fois, je me sens foutrement vulnérable et en manque d'affection. Merde, mais qu'est-ce qui ne va pas chez moi ?

Elle serre légèrement mon érection, et je siffle. C'est tellement bon. Puis elle retire sa main, en souriant, bien consciente de ce qu'elle a fait. Je gémis, j'ai besoin qu'elle la repose sur moi, et mon loup s'agite dans ma poitrine, repoussant mes entrailles.

À quel point serait-ce facile de la pousser contre le mur, d'arracher ses vêtements et de la prendre jusqu'à la folie ? La colère qui s'y trouvait avant disparaît de son regard, et quelque chose de nouveau prend sa place : le désir. Elle ne le dira peut-être pas, mais je sais qu'elle ne me repousserait pas si je la revendiquais maintenant. C'est tentant.

— Ce soir, nous pouvons offrir un spectacle à Ragnar, lui suggéré-je, imaginant ce que je pourrais faire à Narah pour la rendre folle d'excitation. Lui montrer ce qu'il rate, et s'il arrête de jouer au con, il pourra se joindre à nous.

Je parle sans réfléchir, bien conscient que Ragnar va perdre son sang-froid, mais quand ai-je déjà assisté à une fête qui ne se termine pas par la mort ou le sexe ?

— J'ai déjà une longueur d'avance, dit-elle. Ragnar m'a déjà dit qu'il trouverait un moyen d'accepter le partage.

Attendez !

— Il a vraiment dit ça ?

— Ouaip, dit-elle avec un petit signe de tête avant de s'éloigner de mes bras. Donc nous n'avons pas besoin de ton super plan. Je ne suis même pas sûre d'y aller ce soir. Elle fait une retraite précipitée vers le mess.

Eh bien, Ragnar me surprend encore une fois. Apparemment, même lui est capable de changer ses habitudes.

CHAPITRE 10

NARAH

De l'autre côté de la grande salle, Crius me fait signe de le rejoindre avec les deux autres gars.

Ils sont assis à la table la plus éloignée possible, cachés dans l'ombre. Des rangées de longues tables avec des bancs sont disposées dans la pièce, toutes dirigées vers l'avant où se trouve une table en U, présidée par l'Alpha de la meute des Loups Aconit. Mon regard trouve instantanément Ragnar à la droite de l'Alpha, puis Lyssa.

Il est possible que j'écume de jalousie, à la voir toute pomponnée dans une robe renaissance vert saphir et or avec un décolleté profond, ses cheveux blonds retombant en vagues douces sur ses épaules.

Je porte une robe que Jae a empruntée à la mère de son amie. Je ne voyage pas vraiment avec un sac de vête-ments, et je n'ai jamais eu de robe. Je baisse les yeux sur ma robe simple, d'un bordeaux profond cintrée à ma taille, avec de longues manches bouffantes aux poignets et un décolleté droit. J'ai relevé mes cheveux en queue de cheval, et quelques mèches libres encadrent mon visage. Je me croyais séduisante, mais à côté de Lyssa, je pourrais tout aussi bien porter un sac en toile de jute. Un malaise profond s'installe dans mes tripes en voyant à quel point je me sens maladroite.

Ragnar continue de tirer sur la chemise noire à col haut qu'il porte, il ne semble pas à sa place, et mal à l'aise. Ses cheveux bruns profonds tombent sur son épaule de manière ordonnée, comme s'il faisait des efforts pour être à son avantage.

Quand il croise mon regard à l'autre bout de la pièce, il sourit, et ses yeux bleu ciel s'illuminent. Évidemment, c'est à ce moment-là que la garce s'en aperçoit, et qu'elle pose la main sur son biceps en lâchant un faux rire.

Si je levais les yeux au ciel plus fort, ils rouleraient quelque part au fond de ma tête, alors à la place, je traverse la salle bondée jusqu'au coin à l'arrière. Crius m'a demandé de ne pas faire de scène, et que c'était pour le bien de tous.

Oui, eh bien, à mes yeux, le bien de tous, c'est celui de mes sœurs. Pour elles, je ferais n'importe quoi.

Tous les autres sièges sont pris dans la salle, et des gardes en uniformes noirs la surveillent. L'air s'épaissit d'odeurs de loup, et ma louve s'agite, gémissant de se retrouver entourée de tant d'hommes Alpha et Beta qui me lorgnent quand je passe devant eux. Le parfum de leur désespoir envahit mes narines.

Des candélabres sont suspendus au plafond voûté,

un large éventail d'épées orne l'un des murs, tandis que des tapisseries représentant des loups au combat décorent les autres.

Mes trois hommes sourient, tandis que leurs yeux balaient mon corps de haut en bas. Je ne nierai pas que leur attention regonfle ma confiance en moi.

— Pourquoi sommes-nous assis aussi loin ?

Je me glisse à côté de Crius, Stone et Nikos en face de nous.

— Nous avons fait un pari, dit Nikos. Et c'est cet emplacement qui a gagné.

— Est-ce que j'ai envie de connaître l'objet du pari ?

Je tends la main pour prendre du pain dans le panier en osier au milieu de la table, et je mords dedans.

— Toi, répond Crius, glissant une main dans le bas de mon dos. Nous étions unanimes sur le fait que tu ne pourrais pas te retrouver près de Lyssa sans avoir envie de lui arracher les yeux. De plus, comme nous allons avoir notre propre fête à notre table, nous ne voulions pas torturer Ragnar plus qu'il ne l'est déjà.

— Wouah, à t'écouter, je suis horriblement jalouse, marmonné-je tandis qu'une douce chaleur se répand sur mes joues à l'idée que je sois si transparente.

— Mon colibri, me dit Crius, glissant la main sur mon dos, ce qui est une sensation incroyable. Si je n'avais pas été là pour t'arrêter aujourd'hui, toi et Lyssa vous seriez affrontées dans un combat. Même si j'aurais adoré te voir lui botter les fesses, il ne s'agit pas de ce que toi ou moi voulons.

— Tu me surprends, Crius, répond Nikos avec un

sourire sarcastique. Depuis quand tu fais attention à ne pas déclencher le chaos ?

Il hausse les épaules et tend la main à son tour pour prendre du pain.

— Ragnar a besoin que ça fonctionne. Nous n'avons pas vraiment une foule d'autres options.

Nous nous tournons tous vers Ragnar et le regardons. Lyssa est appuyée contre lui et le regarde fixement comme un chiot pendant qu'il est en pleine conversation avec son père.

— Il est furieux, constate Stone. Regarde à quel point il transpire.

— Je parie qu'elle le tripote sous la table, ajoute Crius, et je lui lance un regard furieux pour avoir mis cette image dans mon esprit.

Nikos hurle de rire.

— Il était temps qu'il se dévoue pour l'équipe. La plupart du temps, c'est l'un de nous qui fait quelque chose de ridicule.

Mon verre vide, je repère une cruche de vin à l'autre bout de la table, à côté de Crius. L'image de moi en train de la renverser accidentellement sur les genoux de Lyssa me donne le vertige.

— J'ai l'impression que ma bouche est plus sèche qu'un désert. Je peux avoir du vin, s'il te plaît ?

— Mais bien sûr, répond-il en versant le vin dans mon verre avant de me le tendre. Tiens.

— Merci, marmonné-je et je me remets à regarder Lyssa avec insistance.

Crius reporte à nouveau son attention sur Nikos.

— Comme la fois où tu t'es déguisé en vieille bique pour nous faire entrer dans une meute. Mec, j'ai presque pissé dans mon pantalon quand ce garde a essayé de te peloter.

— Attends, que s'est-il passé ? demandé-je, captivée par leur conversation pendant que les trois hurlent de rire, versant du vin de leurs cruches en métal.

Étonnamment, je me surprends à apprécier un peu la soirée, à les écouter raconter les histoires de leurs batailles au Danemark, même si je ne cesse de regarder Ragnar à l'autre bout de la salle. J'envisage l'idée de quitter le dîner et m'échapper rapidement. J'ai mal rien qu'à regarder Lyssa collée contre Ragnar.

Alors que les plats de viande en tranches et de légumes rôtis arrivent à notre table, je demande aux gars :

— Le rassemblement de ce soir, c'est pour quelle occasion, au fait ? Je veux dire, la salle est bondée, mais tous les membres de la meute ne sont pas là. Y compris tous les enfants, les personnes âgées et les mères. Les hommes remplissent la pièce, dépassant en nombre tous les autres groupes, et je ne nierai pas que c'est légèrement déstabilisant.

— C'est une fête en l'honneur du retour de Ragnar, explique Stone d'un ton sarcastique. Lui et Mihai font des plans ce soir sur la façon dont ils vont conquérir le secteur Sauvage.

Mihai… Ce doit être le nom de l'Alpha. J'espère juste que leur conversation inclut le sauvetage de Kaira puisque je n'ai pas eu l'occasion de voir Ragnar et discuter avec lui de toute la journée.

J'avale une bouchée qui a le goût de la venaison et enchaîne avec des pommes de terre croustillantes trempées dans du beurre dégoulinant, qui fondent sur ma langue. Cela fait trop longtemps que je n'ai pas dégusté un repas chaud rôti, alors je m'y plonge et je savoure chaque miette, y compris le dessert de pudding au pain. Le tout pendant que les gars boivent et partagent des histoires embarrassantes les uns sur les autres.

De forts applaudissements provenant de l'avant de la salle retiennent mon attention.

Mihai se lève de sa chaise, et les bavardages cessent. C'est un homme plus âgé que nous, avec des cheveux blancs coupés courts et une peau tannée par le soleil. Il porte un pantalon foncé, une chemise blanche cintrée boutonnée jusqu'à la gorge et une veste accrochée au dossier de son siège. En dépit de son air plus âgé, ses muscles remplissent sa chemise.

— Ce soir est une occasion de bon augure, commence-t-il. Un nouveau départ pour les Loups Aconit. Vivre dans le secteur Sauvage s'est toujours accompagné de défis, et pour notre survie, nous devons nous battre pour garder un pied dans ce monde. Chaque jour, d'autres meutes empiètent plus près de nos terres tandis que d'autres morts-vivants migrent vers le nord. Nous devons prendre des mesures avant qu'il ne soit trop tard.

Sa mâchoire se contracte pendant qu'il parle, mais

dans ses yeux, je vois qu'il tient vraiment à sa meute. Tout le monde est suspendu à chacun de ses mots, les yeux rivés sur leur Alpha. Mihai se retourne à moitié vers Ragnar et lui tape sur l'épaule.

— Nous avons joint nos forces à celles de Ragnar, notre ami du Nord, et de sa meute. L'immense aide qu'il nous apportera avec les sorcières et les meutes de loups sauvages nous sera précieuse. Et fait tout aussi important, il rejoindra ma famille une fois qu'il se sera officiellement accouplé avec ma fille, Lyssa. Ils seront la nouvelle génération qui nous guidera vers le leadership et la survie.

Une explosion d'acclamations et d'applaudissements s'ensuit dans la salle.

Pendant que je les regarde fixement, Lyssa jette ses bras autour de Ragnar. Un feu éclate en moi, et mes muscles se tendent à cette vue. *Accouplé.* Bon sang, mais qu'est-ce que ça veut dire ? Il lui avait promis un repas.

La main de Crius glisse de mon dos à ma cuisse alors qu'il se penche plus près de moi.

— Les paroles de Mihai sont creuses. Nous attendons juste le bon moment pour prendre le dessus.

— Si tu le dis, marmonné-je en retour.

Je me sens glacée.

Les yeux des autres hommes sont toujours braqués sur Mihai, tandis que mon cœur bat si fort qu'il pourrait jaillir de ma poitrine et s'envoler en battant des ailes.

— Je te le promets, murmure Crius.

Son souffle sur ma joue et sa main qui se glisse sous

ma robe à travers la haute fente sur le côté me réchauffent.

— Crius.

Je me cale contre son bras, et il me lance un regard enflammé.

Un jeune serveur masculin, qui doit être un Beta pour travailler à ce poste, arrive à notre table pour nettoyer. Les Alphas ne s'abaisseraient pas à accomplir ce genre de tâches subalternes. Elles sont réservées aux Betas, tandis que nous, Omegas, ne servons qu'à une chose : le rut, et la reproduction. C'est ainsi que notre monde cruel est divisé. Trois types de loups, qui respectent tous une hiérarchie et acceptent leurs rôles, même si beaucoup ne sont pas d'accord avec l'injustice. Le fait qu'une Omega ne soit considérée par les Alphas que comme un moyen de faire des bébés, alors que les Betas sont les loups inférieurs et souvent traités comme des esclaves par les Alphas, est une vraie connerie. Les seules personnes pour qui ça ne craint pas sont les Alphas, qui se battent bec et ongles pour conserver leur statut. Le reste d'entre nous fait de son mieux pour simplement survivre.

— Avez-vous fini, mademoiselle ? s'enquiert le Beta, pointant mon assiette du menton, me tirant de mes pensées.

— Oui, merci.

Je tends la main pour lui donner l'assiette. Évidemment, c'est le moment exact que choisit Crius pour glisser la main entre mes jambes, frôlant le tissu fin de mes sous-vêtements.

Je hoquette assez bruyamment pour que le Beta jette un regard dans ma direction. Mes joues s'enflamment et rougissent, et son touché réveille ma louve. Au bon moment, elle gémit dans ma poitrine pour Martell. Merde, je le déteste, pourtant elle se languit de lui.

Les doigts de Crius restent bloqués sous ma jupe tandis qu'il sourit au pauvre Beta, qui semble parfaitement confus. Crius se penche, sa bouche sur mon oreille.

— Ouvre tes douces jambes pour moi. Laisse-moi te montrer comment tu vas oublier Ragnar tout de suite.

— Est-ce que tu as perdu la tête ? lui demandé-je, le corps tremblant alors que je le regarde d'un air incrédule. Nous sommes dans une salle remplie de loups.

Je cherche à repousser sa main, mais elle est comme de l'acier, inamovible.

— Ne m'oblige pas à te le redemander. Je n'ai pas peur de te traîner hors d'ici par-dessus mon épaule, pour faire comprendre à tout le monde que je t'emmène dehors pour te prendre. Et alors là, je peux te promettre que nous aurons un public.

— Tu n'oserais pas, sifflé-je.

— Ne me provoque pas. J'ai pensé à toi toute la journée, à la manière dont tu m'as tripoté, et à notre baiser. Personne ne nous verra. Avec toutes les odeurs de loup qu'il y a ici, nous serons tranquilles.

— Tu m'as forcée à te toucher, rétorqué-je d'un ton sec.

Un sourire diabolique étire sa bouche, révélant une ligne de dents blanches. Il remue ses doigts sur l'apex de mes cuisses, et chaque petite caresse envoie une décharge d'excitation dans mon corps. Il ne faut pas longtemps pour qu'une chaleur liquide imprègne mes sous-vêtements. Je me déteste d'être si faible lorsque ces hommes me poussent dans mes retranchements.

Il se colle si près de moi que je ne pourrais pas glisser une feuille de papier entre nous si j'essayais, tandis que mon souffle se bloque dans mes poumons en même temps que ma louve se met à gémir.

Je le regarde fixement dans les yeux, et il sourit.

— On y va ? demande-t-il.

— Tu n'es qu'un con, grogné-je.

J'ai des picotements tout le long de l'échine alors que j'y songe, car je sais qu'il mettra sa menace à exécution.

— Et tu te languis de moi, murmure-t-il. Maintenant, ouvre et regarde-moi. Je veux voir le moment où tu fondras et te déferas sur mes doigts.

Je jette des regards frénétiques autour de moi. Stone et Nikos ne se rendent compte de rien, ils nous tournent le dos et fixent Mihai qui parle toujours.

Je dois être folle, mais j'écarte légèrement mes jambes, reconnaissante que ma robe soit longue. Je lui jette un regard mortel quand il pousse le tissu de ma culotte sur le côté. Tremblant contre lui, nos regardent se croisent alors que ses doigts glissent sur la couture humide de mon sexe. À peine capable de reprendre mon souffle, je sursaute. Sa main est sur moi... Dans ma culotte... Au rassemblement de la meute. Me mordant la lèvre pour ne pas faire de bruit, je sais que mes yeux écarquillés me trahissent. La réaction sur le visage de Crius est lascive.

Il fait glisser son doigt entre mes replis, et un besoin ardent me consume. Mes mamelons se contractent en pointes dures qui repoussent le tissu de ma robe. Je lui jette un regard noir, du moins j'essaie, mais quand son doigt exerce une pression sur mon clitoris et le frotte, je gémis. Agrippant le rebord de la table, soudain je me fiche qu'il y ait des dizaines de personnes dans cette salle, qui pourraient regarder dans notre direction et voir sa main sous ma jupe.

— Tu es une fille très courageuse, Narah, murmure-t-il à mon oreille.

Suis-je courageuse ou juste quelqu'un qui est en permanence excitée par ces hommes et qui ne semble pas capable leur dire non ?

Il s'ajuste à côté de moi.

— Avance un peu, demande-t-il.

Dans un moment de folie, je l'écoute et m'exécute.

Il enfonce deux doigts en moi sans avertissement. Me cambrant sur mon siège, j'aspire ma lèvre inférieure entre mes dents, me mordant pour m'empêcher de gémir. La sensation est incroyable, et chaque recoin de mon corps brûle d'envie de crier et de se laisser porter par la vague qu'il m'a imposée.

— Tu ne m'as pas demandé d'arrêter, Narah, me taquine-t-il. Pourquoi donc ?

Je cligne des yeux vers lui, le cerveau embrumé, le corps bourdonnant.

— Parce que tu m'as menacée ?

— Ça ne te ressemble pas de céder si facilement. Tu sais ce que je crois ? Tu me désires depuis le début.

Ses doigts se fraient un chemin dans et hors de moi, son pouce sur mon clitoris, me faisant perdre la tête. De quoi parlions-nous déjà ?

— Que... mes mots s'évanouissent tandis qu'il accélère le rythme de ses doigts. Crius...

Je souffle son nom si doucement que je ne sais pas si j'ai émis le moindre son.

— C'est comme ça que tu aimes être touchée ?

Il m'embrouille le cerveau.

Une ombre tombe sur nous et je me raidis en levant les yeux. Je rougis, sur le point de hurler mon orgasme.

C'est de nouveau le Beta qui dépose des plateaux de fruits, de noix et de fromages sur notre table.

— Garde tes yeux sur moi, me murmure Crius à l'oreille, et je reporte mon attention sur lui, soutenant son regard. Ça fait très longtemps que j'attendais ça.

Ses doigts remuent d'une autre manière, et mes hanches se balancent, ma respiration se fait plus lourde.

Je serre son bras, mes ongles s'enfoncent dans sa chair, mais il ne m'accorde aucun répit. Sa manière de me fixer avec son sourire diabolique me met au défi de perdre le contrôle. Je le vois dans ses yeux affamés, ses doigts avides qui me poussent vers l'extase.

Ma peau se tend, et mon corps est en feu.

Un seul gémissement de ma part, et ses mouvements me détruiront. Mon esprit explose et mon corps tremble. Je cambre le dos, gardant la bouche fermée, ce qui tient de l'exploit tandis qu'un orgasme me secoue. Le plaisir s'enfonce profondément en moi, me ruinant complètement alors que je jouis sur la main de Crius. Mes parois intimes se contractent autour de lui, et chacun de ses mouvements intensifie la sensation tandis que son pouce ne cesse de taquiner mon clitoris.

Il me serre contre lui alors que je tressaute de manière incontrôlable. Alors j'enfouis mon visage dans son cou, et le cri qui m'étrangle sort contre la chaleur de sa peau.

— Tu es magnifique, murmure-t-il. Encore plus que je ne l'aurais imaginé quand tu jouis.

Quand je m'apaise enfin, j'ai la tête qui tourne à cause de l'intensité de mon orgasme. Jamais je ne l'ai senti éclater en moi comme ça. Crius retire ses doigts, et mon corps tangue quand je relève la tête de son cou et constate qu'au final, nous avons un public. Le visage du Beta est rouge, et il est bouche bée. À l'évidence, il sait exactement ce qui vient de m'arriver.

— Tu as eu ton spectacle, maintenant va te faire voir, grogne Crius, envoyant le serveur se précipiter hors de la salle.

Quand je me retourne, Stone et Nikos m'observent avec une faim primitive dans les yeux, et au loin, Ragnar regarde dans notre direction.

A-t-il tout vu ?

Crius porte ses doigts à sa bouche et les lèche en souriant.

— Délicieux.

— Quoi que je vienne de voir, je veux participer,

annonce Nikos, tandis que Stone hoche frénétiquement la tête.

Je suis encore en train de redescendre de mon extase, et le besoin que j'ai ressenti plus tôt me consume. En dépit du fait qu'on m'ait regardée, et qu'ils ne me laisseront jamais oublier ce moment, je ne peux pas nier que c'était carrément incroyable.

CHAPITRE 11

RAGNAR

— Ragnar, rien qu'une danse, réclame Lyssa, battant des cils d'un air désespéré.

Chaque fois qu'elle me touche, j'ai la chair de poule.

Le contact de cette fille ne devrait pas me révolter. Elle est belle, et au départ, quand j'ai conclu l'accord avec les Loups Aconit, je la considérais comme une bonne compagne pour m'envoyer en l'air et me reproduire. Il n'y avait ni amour ni désir entre nous, et cela n'a pas changé. La décision a été prise à mon arrivée dans le secteur Sauvage depuis mon Danemark natal, et j'avais hâte de prendre mes marques en Roumanie.

Aujourd'hui, je suis un homme différent et j'ai les yeux rivés sur mon petit renard, Narah. Elle est assise à l'arrière de la salle avec mes hommes, et il faudrait que je sois aveugle pour ne pas me rendre compte que Crius s'amuse avec elle, la pousse. Mes muscles se tendent et mes mains se raidissent. Ce type sait exactement quels boutons presser chez une fille, et je dois lutter de toutes mes forces pour ne pas me précipiter sur lui et l'éloigner d'elle.

Sauf que je lui ai fait une promesse, n'est-ce pas ? Bon sang.

Mes hommes sont comme mes frères, et Narah est devenue ma fascination. De qui je me moque ? Elle m'obsède, je suis complètement perdu pour elle, et il n'y a rien que je ne pourrais faire pour la garder à mes côtés, quitte à aller contre mon instinct.

— Ragnar, tu m'écoutes ?

Lyssa me harcèle.

Je repousse mes pensées avant de lui jeter un regard.

— Un repas, c'est tout ce que je t'ai offert, répliqué-je avant de me lever.

J'en ai assez de jouer les bêtes de cirque en représentation pour tout le monde. Tout ce temps perdu. Mihai et moi aurions pu travailler sur des plans pour prendre le contrôle du secteur Sauvage, déterminer les meutes que nous attaquerions en premier et celles que nous essaierions de vaincre sans recourir au combat. J'étouffe entre lui et Lyssa qui se donnent tous deux en spectacle devant leur peuple.

Je me demande si ce ne serait pas le bon moment de leur parler des morts-vivants qui migrent dans ce secteur et de leur apprendre à combattre la nouvelle menace au lieu de les apaiser.

— Ragnar, plaide Lyssa, tendant la main vers moi, mais je l'abandonne, j'ai besoin d'air frais.

Avant même que j'arrive à la porte, Mihai est à mes

côtés. Il pose une grande main sur mon épaule, mettant un point d'arrêt à ma fuite.

— Les gens ont peur, dit-il doucement. Laisse-les voir un peu de gaieté dans leur vie, un peu d'espoir. J'ai prévu un groupe, pour que tout le monde puisse danser, avec toi et Lyssa en tête. En te voyant t'amuser, ils auront moins peur.

Je serre les dents.

— Peut-être devraient-ils être terrifiés.

Je fais un pas en avant, et la main sur mon épaule se resserre.

— Ce n'est pas une demande, Ragnar. C'est une chose dont ma meute a besoin. Après cela, nous ferons des plans et nous discuterons peut-être une fois de plus du nombre de femmes que tu m'amèneras. Quarante, c'est peu... Je peux peut-être adoucir ton offre pour plus de femmes.

Mon corps se tend et j'ai envie d'arracher la vie à Mihai qui me contraint à danser avec Lyssa, et qui veut renégocier notre accord. Il faut encore que je me rende dans le secteur des Ombres, et que je convainque Dušan, l'Alpha local, de me vendre quarante Omegas. Et je ne suis pas prêt à bouger sur ce chiffre.

Je lève les yeux sur Narah qui rit avec mes hommes, et une autre rage se déchaîne en moi. Mon loup est furieux que nous ne soyons pas avec elle au lieu de faire de la politique. Il est attiré par elle depuis notre première rencontre dans ce bar, quand elle m'a approché pour que je l'aide avec ses sœurs. Au départ, j'ai mis cela sur le compte du fait qu'elle était belle, alors même que mon loup était fou d'elle. Avec le recul, je me rends compte qu'il m'était plus facile d'ignorer l'obsession qu'elle est devenue.

— Une danse pour mettre tout le monde dans l'ambiance, me dit Mihai à l'oreille. Ensuite, toi et moi irons dans mon bureau. Amène aussi Nikos. Ce sera bien d'avoir un autre point de vue stratégique.

Gardant les yeux rivés sur Narah, je me rappelle que même si j'ai envie de tout envoyer paître, je ne peux pas oublier la vue d'ensemble. Si je retourne au Danemark, je n'aurai pas de fête de bienvenue. Mon père considère comme un déshonneur que je me sois éloigné de lui et que j'ai quitté le pays.

Pour être honnête, il n'avait pas l'intention de me confier sa meute. Cet enfoiré vivra éternellement pour être certain de ne jamais perdre le pouvoir. Comme j'étais certain que je finirais par le tuer si je restais sous son règne, je suis parti.

J'ai bien l'intention de montrer à cet enfoiré que je n'ai pas besoin de lui. Que je peux me bâtir un avenir dans le secteur Sauvage. Alors je pourrai sauver ma sœur, Hel, que mon père a vendue à nos ennemis pour qu'elle épouse leur chef de guerre. Serrant les dents, je regarde à nouveau Narah. Elle me fait toujours oublier à quel point ce monde peut être sauvage.

Des sacrifices, nous en faisons tous, même si cette merde m'exaspère.

Je me retourne vers Mihai, qui sourit et me tapote l'épaule. Je pourrais tirer une certaine joie du fait de lui casser le bras en plusieurs endroits, mais je choisis de jouer son jeu. J'ai grandi dans une meute où l'on ne pouvait faire confiance à personne, et où celui qui ne savait pas manipuler les autres pouvait tout aussi bien être mort, alors c'est nouveau pour moi.

— Très bien, murmuré-je.

— Brave homme, dit-il alors que je lève les yeux vers Lyssa qui se précipite déjà vers moi.

Je prends une grande respiration et je me rappelle que… ce n'est qu'une foutue danse.

CRIUS

— Est-ce que c'est une blague ? murmure Narah tout bas, les yeux rivés sur Ragnar et Lyssa sur la piste de danse.

Ils semblent tellement mal à l'aise que je manque d'éclater de rire en voyant qu'elle est à moitié en train de l'étrangler. Elle est enroulée autour de lui, la joue collée à sa poitrine, tandis que lui la tient uniquement par les épaules.

D'une manière ou d'une autre, il va devoir affronter Lyssa et son père.

J'avoue que la danse me surprend. Ragnar fait tout dans un but précis, alors je crois qu'il y a une bonne raison derrière tout ça. Surtout qu'il ne cessait de l'injurier juste avant que nous n'arrivions à la salle.

Nikos est parti rejoindre Mihai, qui l'a convoqué pour une discussion stratégique après le bal, et Stone parcourt la salle à la recherche d'un serveur pour avoir plus de vin.

Je me tourne vers Narah, juste à temps pour voir cette précieuse petite créature traverser la salle et sortir en trombe. Elle est tellement en colère contre Ragnar que cela me fait sourire. Ses émotions sont explosives.

Bon sang, ça va finir par éclater !

Je me lève d'un bon et marche à pas rapides juste derrière elle. Il faut que quelqu'un désamorce la situation, et apparemment, je suis l'homme de la situation. J'aspire l'air frais de la brise qui m'envahit. Il y a du mouvement sur ma gauche, et j'aperçois un bout de sa robe bordeaux qui disparaît derrière une hutte. Je me lance à sa poursuite.

En la rattrapant, je me dis que j'aimerais la poursuivre dans un véritable jeu du chat et de la souris et la faire totalement mienne une fois que je l'aurai capturée. Même à cet instant, le balancement de son joli derrière à cause de sa démarche rapide me consume. J'ai toujours dans les narines le parfum qu'elle a dégagé quand je l'ai prise avec mes doigts… et l'odeur est aussi délicieuse que son goût.

Cette petite provocation est loin d'être suffisante… très loin.

Elle marche précipitamment sur un chemin de terre qui mène jusqu'au lac de la ville.

— Tu peux t'arrêter, maintenant.

Je saisis son bras en la rejoignant. Quand elle se retourne vers moi, elle est renfrognée et ses yeux brillent de larmes.

Mon cœur frémit devant sa douleur.

— Lyssa ne représente rien pour Ragnar. Je pourrais parier ma vie là-dessus, lui dis-je, me sentant obligé de la convaincre.

Je prends sa main, mais elle la retire. Il y a plus que de la jalousie sur son visage.

— Je suis tellement furieuse contre moi-même, avoue-t-elle enfin. Je suis devenue si faible. Ma manière de réagir là-bas est totalement idiote, mais si j'y retournais et que je les voyais, je ne ferais pas différemment. Mon plan, c'était de sauver mes sœurs, puis j'ai eu des sentiments pour Ragnar, et pour vous tous, maudits Alphas. Maintenant, regarde-moi. Je tremble de colère parce que je suis jalouse.

Elle baisse le regard comme si ses mots avaient touché une corde sensible.

Elle est absolument éblouissante, d'autant plus qu'elle est en colère parce qu'elle nous aime.

— Wouah, en fait, c'est la chose la plus gentille que tu m'aies dite, lui dis-je d'un ton sarcastique.

Elle ne réplique pas, continuant sa route vers l'endroit où les lumières de la ville disparaissent derrière nous.

— Pourquoi es-tu ici, à te mettre en danger si tu es si inquiète de protéger tes sœurs ?

— Je suis furieuse contre moi-même et contre la facilité avec laquelle je laisse les émotions me contrôler. C'est comme ça qu'on se fait tuer dans ce monde.

— Tout comme quand on marche seul dans les bois la nuit.

Elle me jette un regard.

— Je t'ai avec moi, n'est-ce pas ?

— Je ne peux pas faire grand-chose contre une horde de zombies.

À cette pensée, je balaie les environs du regard, conscient que nous sommes toujours dans l'enceinte du territoire des Loups Aconit, entouré de clôtures. Mais j'ai aussi été témoin aux premières loges de l'acharnement de ces enfoirés lorsqu'il s'agit d'atteindre leur prochain repas.

— Regarde là-bas, dit-elle en montrant du doigt une petite clairière entre des fougères, devant nous. Il y a une clôture grillagée et elle me semble intacte. Je pense que nous serons en sécurité.

Je plisse les yeux dans l'obscurité, et la clôture métallique reflète la lumière de la lune.

— Tu es déjà venue ici ?

— J'ai fini par rejoindre ma sœur pour une sortie pêche avec quelques familles.

Le silence s'abat entre nous.

— Te soucier de nous ne te rend pas faible, Narah. Ça fait de toi une battante.

— Mon père m'a dit un jour que les personnes qui n'ont plus rien à perdre sont les plus dangereuses. Je ne me considère ni comme une battante ni comme quelqu'un de fort. Plutôt comme une survivante.

— Tu crois que c'est quoi, une survivante ? Ce sont les personnes les plus fortes parce que rien ne les arrête.

Ses paroles me font penser à son père et au fait qu'il est maintenant un mort-vivant. J'ai des remords d'avoir gardé des secrets pour Narah, mais Ragnar nous a fait promettre de ne pas la bouleverser avec ce que sa mère a fait. J'ai toujours été un homme qui parle honnêtement et dit les choses telles qu'elles sont. Même si je comprends pourquoi Ragnar a fait ce choix, si ç'avait été le mien, j'aurais déjà dit la vérité à Narah.

— Et si nous retournions à notre cabane ? suggéré-je alors qu'une fois de plus son expression reflète son inquiétude.

Il y a plusieurs oreillers que tu pourras frapper en imaginant que c'est la tête de Lyssa.

— En fait, ça m'a l'air amusant.

Le clair de lune se reflète dans les yeux ambrés de Narah.

— Marché conclu.

Je lui tends la main, qu'elle accepte avec précaution, puis nous marchons jusqu'à la petite maison en bordure du village qui nous a été attribuée pour notre séjour.

Même si, pour être honnête, ma proposition est parfaitement égoïste. Depuis que j'ai profité de son intimité, mon érection n'est pas redescendue, et j'ai l'intention de l'avoir pour moi tout seul pendant quelques heures.

— Au fait, ce numéro de domination que tu m'as fait à la fête, c'était un truc d'enfoiré, me dit-elle sans me regarder.

— Je ne t'ai pas vue te plaindre, et ce n'était que le début.

Elle éclate de rire.

Défi accepté.

Non pas que j'aie vraiment besoin de motivation. Son parfum reste ancré dans ma tête, me stimulant juste assez pour que j'atteigne mon apogée. Quand elle n'a pas opposé de réelle résistance à la fête, j'ai su qu'elle allait me faire l'adorer. Je suis prêt à réaliser ses rêves les plus fous, du moment que j'en fais partie.

— C'était quand même un truc d'enfoiré, grommelle-t-elle avant de faire la moue.

Quelque chose de sauvage, de primitif, s'empare de moi, un besoin dévorant qui ne cesse de s'intensifier. Cette promenade prend beaucoup trop de temps. Je tourne pour me mettre en travers de son chemin, posant les mains sur ses hanches, puis je la soulève et l'entraîne en arrière si vite qu'elle n'a pas le temps de se plaindre. La plaquant contre l'arbre le plus proche, je ne peux m'empêcher de sourire en entendant son halètement choqué.

Elle lève les mains brusquement et les pose à plat sur ma poitrine, mais un peu trop tard. Elle est déjà à moi.

— Tu m'apprécies ? C'est foutrement fantastique, Narah. Et si l'on faisait quelque chose à ce sujet ?

— Repose-moi, grogne-t-elle en repoussant ma poitrine.

— Voilà ma Narah. Je veux que tu sois en colère et que tu décharges ta fureur sur moi. Je vais plonger dans ton sexe étroit jusqu'à ce que tu oublies ton propre nom.

En pressant mon corps contre le sien, j'entends les battements de son cœur s'accélérer. C'est un son tellement magnifique.

Sans perdre une seconde, je fais remonter ma main

sous sa robe. D'un seul claquement de doigts, j'arrache ses sous-vêtements et fourre les bouts de tissu dans la poche de mon pantalon.

— Crius… merde !

— Le jeu a changé, mon colibri. C'est moi qui commande, maintenant.

Elle déglutit avec peine. Elle me fixe, sans arriver à croire que je l'aie emprisonnée et dénudée.

— Qu'est-ce que tu veux faire, me prendre ? Ton membre est dur et tes bourses sont douloureuses après ton numéro à la fête, crache-t-elle. Peut-être que tu mérites de souffrir.

— Bien, continue, grogné-je alors que mon loup pousse en avant, me pressant de ne pas m'arrêter.

Je veux qu'elle m'utilise comme son punching-ball. C'est ce qu'elle a demandé à travers ses actions.

— Fais sortir tout ça de ton organisme, et quand tu te seras calmée, je te montrerai quelle déesse tu es.

Je ne perds pas une seconde et cale mon genou entre ses jambes, les écartant pour moi.

— Dis-moi, est-ce que c'est ce que tu veux ?

Je repousse sa robe sur le côté et déboucle mon pantalon d'une main. Mon membre se met au garde-à-vous dès qu'il est libéré, et je siffle en voyant à quel point c'est bon de le lâcher. Pressant l'extrémité contre son sexe trempé, je croise son regard. Elle est légère-ment paniquée et regarde les maisons au loin. Il n'y a personne dans le coin, et même s'il y en avait, je leur dirais d'aller se faire voir. Je ne lâcherai pas ma déli-cieuse friandise.

Pourtant, elle ne me dit pas d'arrêter. Haletante, ses mains agrippent ma chemise tandis que ses pupilles se dilatent de désir.

— Tu sens incroyablement bon, grogné-je contre son cou alors que le bout de mon sexe taquine son entrée, et ça me tue.

J'ai envie de la sentir enveloppée autour de moi, qu'elle me suce.

— J'avais envie que ma première fois avec toi soit douce, mais je ne peux pas attendre beaucoup plus longtemps, Narah. Tu es prête ? gémis-je.

— Va te faire voir, Crius, pour me donner autant envie de ça.

J'éclate de rire, et elle pose sur moi un regard empli de luxure. Oh, elle n'a aucune idée de ce que je lui réserve.

— Je ferai de mon mieux pour ne pas te déchirer en deux.

Elle écarquille les yeux, mais je me presse déjà contre elle tout en guidant ses jambes pour qu'elles s'enroulent autour de ma taille. Une fois que je l'ai mise en position, en plaçant une main sur son dos pour que l'arbre ne lui fasse pas mal, je m'enfonce en elle, ses parois intimes se resserrant autour de moi. Je veux qu'elle s'étire. Ses ongles s'enfoncent dans mes épaules alors que je vais et viens, accélérant mes coups de reins.

— Je veux chaque centimètre de toi, lui dis-je, la respiration lourde.

— Tu peux m'avoir, gémit-elle alors que sa tête retombe sur mon épaule.

Ses yeux papillonnent et elle frissonne dans mes bras alors que son sexe se resserre autour du mien.

Bon sang, elle est tout ce dont j'ai envie.

L'écartant de l'arbre, j'empoigne ses fesses à deux mains et la fais rebondir de haut en bas sur mon membre. Ses lèvres sont sur mon cou, et elle mord la courbe tendre, sa poitrine cambrée contre moi. Je hurle alors que ses dents acérées s'enfoncent dans la chair, me poussant à la folie. La douleur et le plaisir, c'est mon truc. Mon membre tressaute alors que l'orgasme exacerbé s'empare de moi, mais c'est trop rapide. Je suis très loin d'en avoir fini avec Narah.

Glissant hors d'elle, je la repose à terre, et sa robe dégringole pour couvrir sa magnifique offrande. Je rentre avec difficulté mon sexe dans mon pantalon.

Elle me jette un regard de travers.

— Qu'est-ce que tu fais ?

— Je ne veux pas nouer en toi tout de suite. J'ai l'intention de te sauter bien plus avant que nous n'empruntions cette voie.

Sans attendre sa réponse, je lui prends la main et nous fais traverser le village à toute vitesse, et nous arrivons à la hutte avant que j'aie le temps de dire *« allons nous envoyer en l'air »*.

Je referme la porte d'un coup de pied, j'attrape sa robe, et les griffes de mon loup sortent juste assez pour arracher la robe de son corps. Elle halète quand les lambeaux de tissu rouge retombent en cascade, dévoilant un corps que je suis sur le point d'adorer.

— Merde, cette robe n'est pas à moi, gémit-elle.

— Je m'en tape ! Maintenant, viens par ici.

Je la saisis par le bras et la fais pivoter pour qu'elle me tourne le dos, puis je la penche sur le bras du canapé.

J'agis si vite qu'elle crie, et cela me fait sourire. Impatient, mon érection tendue, je me dépouille rapidement de mes vêtements et les jette sur le côté, puis je me tourne vers ma chérie, qui commence à se relever.

— Ne bouge pas.

En faisant courir ma main le long de sa colonne vertébrale, je la force à redescendre.

— Je veux tes fesses bien hautes, et tes jambes bien écartées. Dis-moi à quel point tu as envie de ça, Narah… supplie-moi pour ça.

Comme elle ne répond pas, mais qu'elle me regarde par-dessus son épaule, je gifle son adorable derrière que j'empoigne ensuite avant de le malaxer.

— Aïe ! crie-t-elle, et j'aime le bruit qu'elle fait.

Tu es très belle, Narah, mais cela ne veut pas dire que je vais te rendre les choses faciles.

— Tu sais ce que je veux, ronronne-t-elle avec un sourire sournois.

— Dis-le.

Je serre sa fesse pendant que mon pouce effleure son entrée arrière avec de petits cercles.

Son corps frissonne et ses hanches se balancent, pressant contre ma main pour en avoir plus. Elle est trempée, rendant mon pouce glissant. Je glisse le bout de mon pouce dans son orifice, juste assez pour la tenter, et ses gémissements me procurent un plaisir inouï. J'empoigne mon membre et m'enfonce un peu plus dans son magnifique petit derrière.

— Crius ! supplie-t-elle.

— Ah, voilà. Je t'écoute.

— Prends-moi… Prends-moi comme un animal. Fais-moi crier.

— Oh, mon colibri, c'est ça, grogné-je et je la récompense en enfonçant mon doigt.

Son cri est hypnotisant.

Mon membre palpite à la vue de mon pouce entrant et sortant de son derrière, de son sexe gonflé et humide, exposé alors que ses jambes s'écartent. Elle est prête… tellement prête que je ne peux pas attendre une seconde de plus.

Je me glisse entre ses jambes, retirant mon pouce de ce magnifique trou. Saisissant ma queue, je la guide là où est sa place, l'enfonçant à nouveau dans son intimité. Elle m'agrippe fermement alors que ses lèvres scintillantes m'engloutissent.

— Narah, haleté-je alors qu'elle resserre ses parois intimes autour de moi.

En m'ajustant légèrement, je m'enfonce en elle, lentement, pour la sentir. Grâce à la levrette, je peux atteindre une partie beaucoup plus profonde d'elle.

— C'est ça. Prends-moi fort.

Agrippant sa hanche d'une main, l'autre s'enroule dans ses cheveux et tire légèrement sa tête en arrière. C'est le genre douleur qui la fait décoller. Je m'enfonce en elle, oubliant où l'un de nous commence et l'autre finit. Jamais je n'aurais deviné que mon petit oiseau aimait être pilonné de cette manière. Des bruits de claquement résonnent autour de nous, mais elle crie plus fort encore.

— Oh, putain ! hurle-t-elle, ce qui ne fait que me pousser plus vite au point où à chaque coup de reins, le canapé se déplace sur le sol.

Alors que j'entends un halètement à ma gauche, je tourne la tête pour voir Stone entrer dans la cabane, la bouche béante et le désir déjà présent dans son pantalon.

— Qu'est-ce que c'est que ce bordel ? balance-t-il, brisant mon rythme parfait.

Narah se crispe sous moi, puis tourne la tête vers Stone alors qu'il referme la porte derrière lui.

— Bande de salauds, vous m'avez laissé tout seul à cette fête chiante à mourir pour vous envoyer en l'air ? C'est juste cruel, dit-il alors qu'il est déjà en train de se débarrasser de ses vêtements. Rien que pour ça, je me joins à vous.

— Ce n'est pas pour ça que je suis partie, halète-t-elle, en respirant lourdement. Mais oui, viens par ici, grand garçon.

Stone arrache pratiquement son pantalon, puis se pavane vers nous, son sexe dur. Narah le regarde bouche bée alors que je suis encore profondément en elle.

— Je ne suis pas du genre à croiser les épées, alors si tu peux gérer ça, rejoins-nous.

Je n'ai aucun problème à partager avec les trois autres gars, tant que l'accent est mis sur Narah.

Stone se déplace pour se tenir à côté de Narah et prend son visage entre ses mains.

— Tu es une bonne fille, n'est-ce pas ? Et tu vas être récompensée maintenant. Viens me grimper dessus comme un arbre, lui propose Stone avant de me regarder. Ça te va de la prendre par l'arrière ?

— J'en ai envie, ronronne Narah en me regardant avec des yeux suppliants.

Comment pourrais-je résister ?

— Bien sûr, tu n'as qu'à débarquer ici et prendre le contrôle, grogné-je à l'attention de Stone. Tu as de la chance que je sois très excité à l'instant, je ferais n'importe quoi pour m'enfoncer à nouveau dans notre beauté.

— Tu me dois ça pour m'avoir abandonné à la fête.

— Bon sang, tu as quoi, cinq ans ? râlé-je, me glissant hors de Narah.

Glissant un bras sous son ventre, je la soulève sur ses pieds.

— Quand il s'agit de faire l'amour avec ma chérie, tu peux bien m'insulter tant que tu veux.

Stone tire tendrement Narah pour qu'elle se tienne devant lui, tous les deux nus face à face, et ils s'embrassent.

Bien sûr, je suis furieux qu'il se comporte comme un con, mais Narah s'amuse, et en fin de compte, c'est ce que je veux, non ? De plus, ce n'est que le début. Maintenant qu'elle a ouvert les vannes, pour ainsi dire, à propos de notre vie sexuelle, elle n'a aucune idée de ce qui l'attend.

Sa manière de me brûler avec son corps me fait avancer vers elle. Narah m'attire pour que je me tienne derrière elle, prise en sandwich entre Stone et moi, au milieu de la pièce.

— Je vous veux tous les deux en même temps.

— Ça, c'est ma chérie.

Stone la soulève de ses pieds et elle enroule ses jambes autour de ses hanches.

Avec un sourire en coin, je me rapproche de ma chérie, plaquant mon torse contre son dos, mon sexe calé contre ses fesses rebondies. Je l'embrasse et prends ses seins pleins à deux mains, les pétrissant, mes doigts caressant ses mamelons, les pinçant. Elle aime souffrir un peu quand elle est excitée.

Elle tourne la tête vers moi, les yeux pleins de désir, et je réclame sa bouche, goûtant sa douceur. Appuyant ma langue sur la couture de ses lèvres, j'exige qu'elle se rende. J'ai envie de la dominer, de laisser chaque centimètre de moi la consumer.

Elle se raidit en gémissant, et je me rends compte que l'enfoiré avide qui nous a interrompus est en train de s'enfoncer en elle. Ma nature compétitive reprend le dessus, et j'empoigne mon membre, me positionnant entre ses fesses.

— Tu es prête ? murmuré-je contre sa bouche.

— Je t'en prie, gémit-elle.

Coincée entre nous, elle émet de petits sons impatients.

Je passe mon extrémité sur son orifice trempé avant d'appuyer doucement sur elle, puis je trouve le rythme parfait avec Stone. Elle est tellement mouillée et prête à décoller.

Au début, elle contracte les muscles et me serre. Stone siffle, ressentant la même chose.

— Nous allons y aller doucement au début. Maintenant, laisse-nous entrer, lui dis-je.

— Est-ce que tu aimes ça ? chuchote Stone.

— Je suis prête à exploser, et il m'en faut plus. Évidemment, je reproche à Crius d'avoir fait ressortir ce côté sauvage en moi.

Je ris.

— C'est ma faute, et je l'assumerai.

— J'adore voir tes yeux pleins de luxure, ajoute Stone. Tu es parfaite comme ça, dégoulinant sur moi. Tu te débrouilles si bien.

Elle se prépare, et nous nous déplaçons tous légèrement pour trouver notre position debout. Avec mes bras puissants, je m'accroche à ses fesses pendant que Stone saisit ses hanches, et nous poussons lentement en elle jusqu'à ce que nous trouvions le bon positionnement entre nous. Enfermés dans une étreinte amoureuse, Narah coincée entre nous, nous poussons plus fort, adoptant un rythme qui la pousse à en redemander. Elle est absolument éblouissante pendant les rapports sexuels.

— Bon sang, mais où est Ragnar ? murmure Stone entre les coups de reins et les doux cris de Narah. Il faut qu'il voie à quel point nous sommes parfaits quand nous partageons.

— Il le découvrira bien assez tôt.

J'essaie de reprendre mon souffle alors que nous accélérons nos coups de reins, et l'accumulation me déchire.

Le corps de Narah frissonne, son dos luisant de sueur, tandis que la poitrine de Stone se soulève à chaque respiration. Puis elle convulse dans nos bras, hurlant alors qu'un orgasme la submerge.

Elle se contracte autour de moi, et je rugis tant c'est à la fois douloureux et incroyable.

Stone grogne et ses yeux se révulsent.

— Ne perds pas le contrôle, putain ! aboyé-je. Elle doit jouir au moins trois fois de plus avant que nous l'inondions de notre semence. Ne noue pas, merde !

— Trois fois ? Mais vous êtes dingues ? murmure-t-elle.

— Détends-toi, mon pote, râle Stone. J'ai le contrôle.

M'accrochant à ma chérie, je l'étreins, je me retire d'elle et la tire du membre de Stone. Ses jambes flageolent, alors je la soulève dans mes bras. Stone nous suit jusqu'au lit, sans quitter Narah des yeux, qui est encore sous l'effet de son incroyable orgasme.

Je la dépose au milieu des draps, et repousse les cheveux de son visage. Son corps est paradisiaque : des seins rebondis, des hanches galbées et un sexe que je meurs d'envie de sucer.

— Tu es tellement sexy !

Grimpant près d'elle, je glisse ma main le long de sa mâchoire tandis que Stone se jette à côté d'elle sur le lit, faisant trembler toute cette maudite cabane.

Mon sexe palpite, et l'adrénaline bat dans mes veines.

— Reprends ton souffle, ma belle, parce que je veux que tu chevauches mon visage, lui dis-je.

— Ça me plairait.

Elle sourit, me regarde, puis pose les yeux sur Stone.

— Ragnar était mon premier, alors je ne savais pas qu'être avec deux hommes pouvait être aussi incroyable. Alors, que dites-vous de ça ? Je chevauche ton visage pendant que je suce Stone ?

— Putain, oui ! beugle Stone.

Je la prends dans mes bras et parsème son visage de baisers.

— Demain, tu ne pourras plus marcher droit quand nous en aurons fini avec toi.

Elle sourit et m'embrasse rapidement sur les lèvres.

— C'est une promesse ?

CHAPITRE 12

NARAH

Le sommeil s'accroche à mon esprit. Il est bien trop tôt pour que quelqu'un soit debout, alors je m'inquiète en me réveillant seule après m'être endormie dans les bras de Stone et Crius.

Et la première chose que je sens, c'est ma louve, pesant lourd dans ma poitrine, qui me grogne furieusement dessus pour avoir trahi notre âme sœur.

Je remue la mâchoire, épuisée par ces conneries.

L'air frais agite mes cheveux juste à l'extérieur de la cabane, et le matin s'effiloche aux bords de l'horizon, peignant le ciel en tons d'orange et de violet. C'est spectaculaire. J'apprécierais peut-être davantage si je savais où tous les gars sont partis, et si ma louve voulait bien se calmer.

Hier soir, j'ai senti que Nikos se joignait à nous. Ragnar était là aussi, mais il est resté dans son coin. J'étais trop fatiguée pour en faire toute une histoire.

Où pourraient-ils bien aller tous les quatre avant l'aube ?

Je continue à descendre le chemin de terre vers le mess, me disant qu'ils sont peut-être des lève-tôt ; du moins, c'est ce que je me raconte. Quelque chose ne tourne pas rond dans cette journée, et elle vient à peine de commencer. Des ombres nocturnes entourent encore le village, même si des habitants s'y affairent déjà.

— Regardez qui vient de sortir du lit, gronde Lyssa en se plaçant en travers de mon chemin derrière une maison.

Je pousse un lourd soupir. C'est la dernière personne que j'ai envie d'affronter à cet instant, alors que je réfrène un bâillement. Je ne suis pas assez réveillée pour m'occuper d'elle, surtout qu'elle a l'air immaculée avec ses cheveux épinglés et retombant en cascade dans son dos. À quelle heure s'est-elle réveillée pour être si parfaite ? Je passe rapidement mes doigts dans mes cheveux puisque je n'ai pas eu l'occasion de les peigner.

— Je t'ai posé une question, chouine-t-elle en croisant les bras.

— En fait, tu ne l'as pas fait. Tu t'es contentée de faire une remarque stupide.

Je cille en la regardant, tandis qu'elle fronce le nez comme si j'avais tort.

— Écoute, je ne sais pas ce que tu veux, mais je ne suis pas d'humeur.

L'esquivant, je gémis tout bas.

Apparemment, cela lui offre l'ouverture dont elle a

besoin. Elle s'agrippe violemment à mon bras, plantant les doigts dans ma chair. Je pivote vers elle et le tire.

— Ne crois pas que je ne t'ai pas entendue crier comme une garce dans ta cabane hier soir, quand tu te faisais prendre comme la traînée que tu es.

Je ramène mes épaules en arrière. Je repense à Crius et Stone qui m'ont rendue folle, et qui m'ont menée trois fois jusqu'à l'orgasme. Ai-je été si bruyante que les autres membres de la meute nous ont entendus ? Merde.

Vu le regard noir qu'elle me jette, au lieu de la gêne, c'est la colère qui monte en moi.

— C'était une nuit incroyable, du genre que tu ne connaîtras jamais.

Je déteste me comporter comme une garce, mais Lyssa me pousse à bout alors que je n'ai aucune patience.

— Ha ! hurle-t-elle. Je sais que tu es jalouse de Ragnar et moi, alors le fait de t'envoyer ses hommes fait de toi une désespérée. Il a passé toute la fête avec moi.

Les mots sortent tous seuls avant que je puisse m'arrêter.

— Et il a passé la nuit avec moi.

Sa bouche s'ouvre et elle gifle le côté droit de mon visage, plantant ses griffes sur ma joue. La douleur est vive et pique terriblement.

Mon instinct se met en marche, et je relève le bras, écartant le sien, puis lui balance un coup de pied dans le genou, laissant une empreinte sale sur son jean blanc. Mieux encore, elle perd l'équilibre et dégringole dans une flaque de boue à côté du chemin.

Je touche ma joue palpitante et mes doigts sont tachés de sang.

Putain de merde.

Je devrais lui rire au nez, mais je ne peux pas m'y résoudre. Elle a l'air assez pitoyable comme ça, et le fait que je sache pourquoi elle se comporte comme ça rend les choses plus difficiles. Ragnar doit lui dire la vérité car les choses deviennent incontrôlables. Et pendant qu'il y est, il peut me dire ce qui se passe entre nous.

— Espèce de grosse vache ! lance-t-elle en se relevant, son pantalon blanc couvert de boue.

Elle ricane en me regardant. Sa lèvre supérieure se recourbe, et elle me jette un regard de mort.

— En fait, je me suis montrée gentille avec toi. Qui sait pourquoi.

Je lève les yeux au ciel. Elle n'a aucune idée du sens du mot « gentille ».

— J'étais navrée pour toi, alors je ne t'ai pas dévoilé le secret que Ragnar te cache, mais après ça, tu peux l'oublier.

— Je me fiche de ce que tu as à dire.

Je me tourne pour partir, en serrant la mâchoire.

— Il était prévu que Ragnar tue ta mère, annonce-t-elle, et j'entends le sourire dans sa voix, et le plaisir que cela lui procure de me le dire.

Je fais une pause, en essayant de donner un sens à ce qu'elle dit, mais une douzaine de questions ou plus surgissent dans mon esprit, et le froid envahit mes bras. Je me retourne pour lui faire face encore une fois. Mon estomac se contracte. Je suis mal à l'aise, comme si je savais qu'il allait se passer quelque chose de grave.

— Qu'est-ce que tu veux dire ?

Je suis à plusieurs mètres d'elle, elle est vautrée sur une jambe, les mains profondément enfoncées dans les poches de son pantalon.

— Comme l'Alpha est mon père, j'entends beaucoup de choses.

— Et… qu'est-ce que tu as entendu ?

Elle sourit, et je déteste vraiment cette fille.

— Il y a plusieurs mois, il a raconté à Père qu'il avait rencontré un chasseur des Loups de la Tempête, qui lui a proposé un certain montant pour traquer une femme âgée. Elle a fui son mari et ses trois filles, et leur meute voulait la récupérer à tout prix. Après ton arrivée en ville, j'ai commencé à faire des recherches sur toi. Quand j'ai découvert d'où tu venais, j'ai fait le lien. Il n'y a pas beaucoup de familles qui ont la chance d'avoir trois filles. Quand j'ai posé la question à Ragnar, il n'a pas nié.

Mon cœur s'emballe à ses mots tandis que mon esprit essaie frénétiquement de faire le rapport entre le passé et ses révélations. À ce stade, je doute que Ragnar ait su que ma mère était porteuse de magie. Sinon, l'Alpha des Loups de la Tempête nous aurait tuées, mes sœurs et moi, depuis longtemps. Alors oui, on lui a peut-être demandé de le faire.

— Pourquoi est-ce que tu me racontes ça ? Je sais, de source sûre, qu'il n'a pas achevé sa mission.

Elle s'avance vers moi avec une expression méprisante.

— Qu'il ait ou non activement recherché ta mère, et qu'il ne l'ait peut-être jamais trouvée n'est pas vraiment la question maintenant, n'est-ce pas ? C'est qu'il ne t'en a jamais parlé, je me trompe ? Alors, comment pourrais-tu lui faire confiance ? Quels autres secrets t'a-t-il cachés ? Du genre... Savais-tu qu'il a des plans pour sécuriser le secteur Sauvage, puis d'aller sauver sa sœur qui a été vendue à une autre meute pour se marier ?

Je relève le menton, je hais ce qu'elle sous-entend.

— Je n'ai pas le temps pour tes jeux stupides, Lyssa.

Tournant les talons, je m'éloigne à grands pas, bouillonnant de l'avoir écoutée, et du fait que Ragnar ne m'ait rien dit. J'ai le souffle court, et ses paroles résonnent à mes oreilles.

— Les relations ne sont pas basées sur la vente de ton corps, Narah. C'est une question de confiance et de ne pas cacher de secrets.

— Va te faire voir, grogné-je, mettant plus de distances entre nous.

Je sors du village, descends les marches vers la grille d'entrée. Il faut que je m'éloigne d'elle le plus possible.

Si Lyssa a fait le rapprochement, c'est sûrement le cas de Ragnar aussi, il savait donc qui était ma mère quand il l'a rencontrée dans les Monts des Loups. Même chose pour sa sœur. Je sais que ce n'est pas crucial pour notre mission, mais j'ai été idiot de croire que je comptais suffisamment pour lui, qu'il partagerait des choses importantes à propos de lui-même. Je ne devrais pas m'en soucier, mais cela me pèse. Maudite Lyssa, je la laisse me taper sur les nerfs. Qu'est-ce que ça peut faire que Ragnar ne me l'ait pas dit ? Ce n'est pas vraiment le genre de détails que nous abordons dans nos conversations, et Lyssa ne fait que causer des problèmes.

Des éclats de voix captent mon attention depuis la grille située plus loin sur ma droite, entre les gardes et quelqu'un de l'autre côté de la clôture. L'homme porte un chapeau à larges bords posé de travers sur sa tête et un épais manteau qui lui arrive à mi-cuisse et qui lui remonte jusqu'à la gorge. C'est plutôt étrange, car il ne fait pas assez froid pour être si chaudement habillé.

— Ragnar, dit-il tout fort et au ralenti. Je suis ici pour le voir.

Il est seul derrière la grille, et je suis curieuse de voir qui il est.

L'un des gardes avance dans ma direction, sans faire attention jusqu'à ce qu'il lève le regard et me voie.

— Oh, c'est toi, dit-il d'un ton hautain. As-tu vu Ragnar ? Sois une brave fille, et va le chercher. Il a un visiteur, m'ordonne-t-il.

Ma peau se hérisse quand j'entends sa manière dégradante de s'adresser à moi.

— Je ne sais pas où il est. Moi aussi je le cherche.

Le garde soupire et jure à mi-voix avant de passer devant moi en trombe.

Je me retrouve à m'avancer vers la grille par pure curiosité, tandis que les paroles de Lyssa, qui me disait que je ne connais pas Ragnar, tournent dans ma tête.

J'avance à pas légers et me rapproche quand l'homme lève les yeux dans ma direction.

Des yeux ambrés, semblables aux miens, m'observent.

Je m'arrête brusquement, les pieds collés au sol tandis que mon corps se fige.

Papa ?

Mon pouls tonne dans mes tempes.

Est-ce que je vois des choses ?

Il est mort… il est forcément mort.

J'ai enterré son corps près de l'enceinte des Loups de la Tempête. J'ai pleuré pendant des semaines. Je me suis assise près de sa tombe et je lui ai parlé.

— Au revoir, Papa, ai-je murmuré devant la tombe fraîche, bien consciente que j'emporterais ce moment avec moi pour l'éternité.

Une douleur dans mon cœur qui ne s'apaisera jamais, car je doute de pouvoir un jour vraiment accepter qu'il ne soit plus là. On nous l'a enlevé parce que notre mère s'est enfuie de la meute.

Kaira et Jae sont agenouillées à côté de moi près de sa tombe, pleurant doucement, tandis que les membres des Loups de la Tempête passent devant nous sans lui rendre hommage. Aucun d'entre eux. Alors même qu'il a dirigé cette meute en tant qu'Alpha. Ils poursuivent leur vie normale tandis que je pleure de me sentir si perdue en ce monde. Parce que je déteste tout le monde, sauf mes deux sœurs. Elles sont tout ce qu'il me reste.

Je les attire vers moi et nous nous étreignons pendant qu'elles gémissent, leurs larmes trempant ma robe. Je ne peux m'arrêter de pleurer. Quand je ferme les yeux, la brise souffle sur mon visage larmoyant tandis que je serre mes sœurs contre moi. Je ne sais pas comment je suis censée affronter un autre jour sans mon père.

Intérieurement, j'étouffe, car ça ne peut pas être réel. C'est impossible. Et pourtant, je contrains mes jambes à bouger, et je me précipite vers la grille.

— Mademoiselle, connaissez-vous cet homme ? demande l'un des gardes.

J'agrippe la grille métallique, le regard planté dans ces yeux familiers.

— C'est vraiment toi ?

Je m'étouffe avec mes larmes.

— Tu sembles si triste, ma fille, dit-il, arborant une expression neutre, même si c'est dur à dire avec ce chapeau qui masque la moitié de son visage.

— Papa, est-ce que c'est toi ? m'entêté-je, agacée qu'il ne réagisse pas en me voyant.

Est-ce que ça fait si longtemps que ça ?

— C'est moi, Narah.

Mes mots restent suspendus dans l'air entre nous, et mon esprit s'emballe. Les seuls morts-vivants sont les zombies, et il se comporte comme tel.

Il cligne des yeux, et pose sur moi son regard vide. Il y a quelque chose d'étrange chez lui ; sa peau est quelques nuances trop pâles. Plus je le fixe, incrédule, et plus les larmes jaillissent de mes yeux. Je tends la main pour le toucher, pour m'assurer que je ne l'imagine pas, mais il s'écarte de moi.

— Cet homme est-il votre père ? s'enquiert le garde, mais je l'ignore.

— Papa, tu me reconnais ?

Il secoue la tête.

— Je devrais ?

Je m'écarte en trébuchant de quelques pas, avec l'impression qu'on vient de me couper la poitrine en deux. Il doit s'agir d'une erreur. C'est un homme qui semble identique à mon père mais qui n'est pas lui. Toutes ces parties brisées en moi remontent à la surface : la souffrance, la solitude, le chagrin.

Je suis une épave, fixant cet homme qui ne montre aucune émotion.

Le hennissement d'un cheval derrière moi me fait sursauter. Quand je me retourne, je vois Ragnar qui fait avancer un grand noir en direction de la grille. Il porte une tenue de voyage, avec sa veste en cuir zippée jusqu'à la gorge et ses bottes d'équitation. Derrière lui se trouvent les trois autres hommes, chacun d'entre eux avec un cheval… un pour chacun. C'est clair comme le jour, ils avaient l'intention de quitter la meute ce matin.

Sans moi.

L'autre garde de la grille fonce à leurs côtés.

— C'est lui, dit-il avec un geste en direction du portail. Il vous demande.

Il jette un coup d'œil à Ragnar, puis retourne à son poste.

— Narah, qu'est-ce que tu fais là ?

Ragnar m'étudie comme si j'étais la dernière personne qu'il s'attendait à trouver debout ici, comme si je l'avais surpris à faire quelque chose qu'il ne devrait pas.

Je tremble à cause de la sensation écrasante que je sois sur le point de découvrir quelque chose que je ne veux pas entendre. Mon souffle s'accélère et je fixe Stone, Crius et Nikos, et ce même regard coupable apparaît sur leurs visages.

Mon cœur martèle ma poitrine, et l'idée me traverse l'esprit que j'ai peut-être commis une terrible erreur en laissant Ragnar et ses hommes devenir le centre de ma vie. J'essaie très fort de ne pas me dire qu'il m'a trahie, mais c'est presque impossible.

Ragnar regarde par-delà mon épaule cet homme dont je pourrais jurer qu'il s'agit de mon père. L'homme qui crie maintenant son nom et me trouble.

— Dis-moi simplement… Est-ce que c'est mon père ?

Ma voix tremble et les larmes jaillissent de mes yeux. J'arrive à peine à tenir le coup.

— Oui, mais c'est compliqué.

Je n'entends plus rien d'autre avant de me mettre à pleurer, totalement anéantie. Le monde se met à tourner autour de nous, et ma poitrine se serre sous cette douleur que j'aurais voulu ne plus jamais ressentir : le chagrin, le deuil, et la déception. Avec en plus un sentiment de trahison : peut-être que Lyssa avait raison.

Je ne connais pas vraiment Ragnar.

CHAPITRE 13

NARAH

— Je t'en prie, dis-moi ce qui se passe, supplié-je Ragnar d'une voix étouffée alors qu'il m'emmène à l'écart en me tenant par le coude, aussi loin que possible de la grille.

Je me retourne vers l'endroit où Nikos parle à mon père, Stone et Crius à ses côtés.

— Pourquoi mon père ne me reconnaît-il pas ? Qu'est-ce qui se passe ?

La seule chose qui me vient à l'esprit, c'est que j'avais enterré la mauvaise personne chez les Loups de la Tempête.

Je me retourne vers Ragnar, et ma colère explose. J'en ai assez de faire traîner les choses en longueur. Retirant mon bras de sa prise, je plante mes talons dans le sol souple.

— Assez, Ragnar ! Bon sang, qu'est-ce qui se passe ?

Pourquoi mon père mort est-il ici? Pourquoi ne me reconnaît-il pas, alors qu'il te réclame?

Je tremble et m'entoure de mes bras, tout dans mon monde me paraît brisé, irréparable.

— Depuis combien de temps sais-tu que mon père est vivant?

Ragnar soupire, et je vois son expression s'assombrir, comme si c'était douloureux pour lui de me répondre.

— Réponds simplement, s'il te plaît. Je ne peux pas vivre un instant de plus sans savoir.

— Oh, Narah. C'est dur pour moi de le dire, mais tu dois savoir la vérité.

Il tend une main vers moi, mais je le repousse. Je hausse les épaules, totalement déchirée.

— Putain, mais dis-moi! Et pendant que tu y es, tu m'expliqueras pourquoi tu as cru que tu pouvais décider de me cacher un tel secret. C'est mon père. Est-ce que je n'aurais pas dû être au courant?

Je divague, déversant ma colère et ma frustration. Si mon cœur n'était pas déjà brisé par la mort de papa et plus récemment, par la perte de ma mère, il l'est maintenant. Voir mon père me brise en petits morceaux. Je tiens à peine le coup, et les larmes refusent de s'arrêter de couler.

Le front de Ragnar se plisse, et il pince les lèvres.

— J'ai essayé de te protéger, Narah, mais tu as raison. J'aurais dû me montrer franc.

— Oui, effectivement.

Même si je regarde dans ses yeux et que je vois la douleur qui s'y cache, je suis trop en colère pour me soucier d'autre chose que de la vérité. Peu importe ce que c'est, je peux le supporter.

— D'accord, Narah, commence-t-il, l'air abattu. Après ton enlèvement, nous avons découvert ce que ta mère a fait pour obtenir son pouvoir.

Je cligne des yeux en le regardant. Je me rends compte que je n'avais pas répété à Ragnar ce que ma mère m'avait révélé sur ce que nous étions : des ensorceleuses. Le froid envahit mes veines avant même qu'il ne parle, car je soupçonne ce qu'il va dire.

— Elle a tué les villageois locaux dans les Monts des Loups, les vidant de leur énergie pour alimenter sa magie. Puissance dont elle s'est servie pour faire passer ton père de son état de mort-vivant à ce que tu vois là-bas.

Il pointe les grilles du menton.

Je réfléchis à ses mots, mais je suis engourdie. Je ne m'attendais pas à la partie concernant mon père.

— Elle… Elle l'a ramené ? demandé-je en me tournant vers mon père.

Il est en train de parler avec Stone, les bras presque animés. Elle l'a nourri de magie, alors peut-être que sa mémoire reviendra à mesure qu'il continuera à guérir, n'est-ce pas ? Alors il se souviendra de moi, murmuré-je tout bas, l'espoir de retrouver Papa enserrant ma poitrine.

— Narah, répond Ragnar en me prenant la main,

m'obligeant à me tourner vers lui et son regard empreint de douleur. Elle a tué des dizaines de personnes. Nous avons retrouvé leurs corps empilés dans son sous-sol. Et ton père n'est pas redevenu normal. S'il n'est pas alimenté en permanence par de l'énergie tirée d'autres personnes, il retournera à son état de zombie. Je ne sais pas combien de jours il lui reste comme ça.

Le silence s'installe entre nous, et je suis prise de vertige. Maman a tué tous ces gens pour ramener mon père.

— Pourquoi ? Il lui manquait ?

Je murmure tout bas, presque incapable de former des mots. Je tremble, essayant de tout assimiler. *Si elle se sentait seule, pourquoi nous a-t-elle laissées Jae, Kaira et moi à la merci des Loups de la Tempête ?*

— Je pense qu'elle l'a sorti de sa tombe il y a des années, et gardé sous sa forme de mort-vivant dans le sous-sol de sa maison. J'ai trouvé des chaînes usées boulonnées aux murs sous sa maison. Ensuite, elle a tué un certain nombre de gens dans le village sans éveiller les soupçons. Elle l'a nourri de son sang puissant, mais il lui manque beaucoup de souvenirs, Narah. Il ne se souvient pas de toi ni de tes sœurs.

Il me prend le bras, ce qui est une bonne chose car mes jambes ramollissent. Il me soutient jusqu'à ce que je retrouve mon équilibre. Je déteste avoir autant de mal à respirer à cause de la nouvelle. J'ai l'impression d'avoir perdu mon père une fois de plus.

— C'est pour ça que je n'ai rien dit. Ta mère avait

l'intention de se servir de ton père pour s'introduire dans l'assemblée des sorcières, et sauver Kaira. Son existence est temporaire, mais il semble que sous l'influence du pouvoir, ton père puisse diriger des zombies.

— Alors, quoi ? rétorqué-je sèchement. Tu pensais y aller sans moi pour sauver ma sœur, et être le héros ?

Plus j'en apprends, plus je tremble de colère.

— M'aurais-tu même parlé de mon père si je n'étais pas tombée sur lui ici ?

— Ce n'est absolument pas ça.

Il redresse les épaules, mais il n'est pas furieux. Il a simplement l'air plein de remords.

— Je ne veux pas que tu sois blessée, surtout que tu n'as pas ton pouvoir.

— Ce n'était pas à toi de prendre cette décision, pleuré-je et je me libère de lui. Pendant tout ce temps, tu savais que mon père était vivant et que ma mère était un monstre, et pourtant tu as fait comme si de rien n'était.

— Je suis désolé, Narah, mais ta mère *était* un monstre. Elle a tué énormément de gens innocents, et leur a jeté un sort pour qu'ils ne reviennent pas à la vie en tant que morts-vivants, mais elle leur a malgré tout volé leur vie.

Il me serre légèrement les bras, comme pour me dire ce qu'il ressent, mais je ne suis pas prête à entendre ses excuses sincères.

Je m'éloigne de lui, consciente du fait qu'il ne peut pas revenir sur ses actes, mais cela ne signifie pas que je suis prête à lui pardonner. Ma poitrine me fait trop mal, car je dois faire à nouveau le deuil de mon père. Tellement de temps s'est écoulé depuis que je l'ai perdu, et maintenant il se tient là, comme si toute ma douleur avait été vaine. Je déteste ma mère pour l'avoir ramené, et Ragnar pour m'avoir caché cela, mais surtout, je me déteste moi-même de le pleurer encore après tout ce temps. Pendant longtemps, j'ai reproché à maman la mort de papa, et maintenant, grâce à elle, je peux revivre cette expérience.

— Qu'est-ce que tu veux faire ? me demande Ragnar dans mon dos, le ton plat et brisé. Tu veux te joindre à nous ? Est-ce que ça t'aiderait à me pardonner ?

— Je vais me joindre à la mission, réponds-je catégoriquement, tournant la tête vers lui. Et pendant que nous en sommes à nous montrer honnêtes l'un envers l'autre, tu veux savoir pourquoi mieux vaut qu'il ne se passe rien d'autre entre nous ?

Il ne répond pas mais me regarde fixement comme s'il avait arrêté de respirer.

— Je ne suis pas tellement différente de ma mère. Nous sommes toutes les deux des ensorceleuses, et elle m'a expliqué comment me servir de mon pouvoir. Il vient aussi de l'énergie tirée des gens. C'est de là que vient ma capacité, donc, comme tu peux le voir, je suis un monstre, tout comme elle. Avec mon pouvoir, je vais faire du mal aux gens, mais sans lui, je ne te suis d'aucune utilité.

Je n'attends pas sa réponse et traverse la pelouse jusqu'au portail pour rejoindre Nikos, le tirant à l'écart.

Je tremble tant que j'ai du mal à marcher droit, mais je rassemble toutes mes forces pour me contenir.

— Je vais me joindre à vous pour aller secourir ma sœur, mais j'ai besoin que vous me laissiez quelques instants pour que j'aille dire à Jae que je serai absente pour la journée.

Il me considère avec gravité, essuie une larme qui glisse sur ma joue, et jette un coup d'œil à Ragnar, quelque part derrière moi, puis il fait un signe de tête ferme.

— Nous attendrons.

Stone et Crius nous regardent, mais je me dis que Nikos les mettra au courant, et je repars précipitamment dans le village. J'essuie mes larmes avec frénésie, je ne veux pas que Jae remarque que j'ai pleuré. Il faut juste que je lui explique que je serai absente pendant une journée, voire deux, mais au cas où quelque chose nous arriverait, je dois m'assurer que la famille qui l'héberge pourra s'occuper d'elle.

Je cille pour chasser de nouvelles larmes, me plante devant la porte d'entrée et frappe.

Tu peux le faire, Narah. Simplement, arrête de pleurer.

N ous sommes à cheval. Je suis sur celui de Stone avec lui pendant que papa est à l'arrière de celui de Crius. Leur cheval hennit et s'arrête de temps en temps, bien conscient que quelque chose d'anormal est sur son dos. Je ne peux pas blâmer cette pauvre créature. Même Crius semble raide et mal à l'aise.

Le village est derrière nous et nous trottons sur le chemin de terre, je rebondis derrière Stone, mais je m'accroche pour ne pas tomber.

Je ne peux pas m'empêcher de fixer mon père, qui est à nos côtés. Quand il croise mon regard, il m'adresse un faible sourire gêné. Nous sommes des étrangers à présent. Et je ne peux m'empêcher de pleurer, car tout ce que je voudrais, c'est qu'il me reconnaisse, me serre dans ses bras et me dise à quel point je lui ai manqué. Pendant trop longtemps, j'ai pleuré pour lui, regrettant son rire facile, les histoires qu'il nous racontait et sa manière de nous aimer.

J'avais rêvé de ce moment où il nous reviendrait miraculeusement, mais pas comme ça… Jamais comme ça, où il me regarde sans me voir. C'est injuste de devoir porter seule tous les souvenirs, toute la douleur, toutes les émotions pour nous deux en regardant le visage de l'homme qui m'a laissée brisée et seule dans ce monde.

Ma vie a été une litanie de désastres. Peut-être que je suis l'une de ces personnes qui sont destinées à toujours souffrir. Le vieux dicton qui dit que le temps guérit tout est un mensonge. C'est simplement la vie qui te distrait de la douleur. Mon cœur réduit en miettes ne se réparera jamais.

Ragnar prend la tête de notre groupe. Mes sentiments sont vraiment partagés à son égard et celui de ses hommes. Je n'ai aucun doute sur l'attirance que je ressens pour eux ni sur le fait qu'ils occupent mes pensées en permanence. J'ai besoin de leur soutien et je sais que Ragnar et ses hommes sont désolés, mais il y a eu énormément de tensions entre nous ces derniers temps.

Est-ce la bonne décision de m'éloigner une fois que j'aurais récupéré ma sœur ? Cette pensée ne fait qu'augmenter le poids qui m'obstrue la poitrine. Mais pourrais-je être avec quelqu'un qui me cache des secrets ?

Je me blottis contre Stone, ma joue appuyée contre son dos, et je cligne des yeux pour cacher mes larmes, j'ai besoin de me ressaisir. Il caresse mes mains passées autour de son ventre alors que nous progressons rapidement à travers les bois. Personne ne parle pendant un long moment.

Un son aigu résonne dans mes oreilles, et je me réveille pour entendre Papa siffler. Nous sommes dans un champ ouvert avec la lisière des bois à l'arrière, loin du village.

— Qu'est-ce qui se passe ? demandé-je, avant de remarquer un mouvement dans les bois.

Une silhouette émerge de derrière un pin majestueux, avançant en titubant. Je déplace mon poids sur le cheval pour mieux voir, et c'est un mort-vivant que je vois. Mon estomac se contracte.

Ragnar a dit que Papa était capable de les commander, mais je suis malgré tout remplie d'effroi, et je resserre ma prise sur Stone.

— Euh, pourquoi appelle-t-il les morts-vivants maintenant ?

Une fois encore, je me retrouve incapable de penser quand je vois une marée de zombies émerger de la forêt. Je frissonne et me plaque contre Stone, mon instinct me criant de courir. Il se raidit contre moi.

Les créatures mortes-vivantes se précipitent vers nous en courant de travers, certaines avec les bras en l'air comme si elles se précipitaient vers leur nourriture. Nous ! Il doit y en avoir près de deux cents. Merde !

— Peut-être qu'on devrait bouger, suggéré-je.

Papa les siffle une fois de plus.

— Bordel de merde ! s'exclame Crius. Dis-moi que tu n'es pas sur le point de nous faire dévorer par eux ?

— Pourquoi ferais-je ça ? répond Papa, le visage impassible, sincèrement confus quant à cette question. Nous avons besoin d'eux pour sauver la fille d'Allie.

Ses mots me font l'effet d'un coup de poignard en plein cœur. Il ne se souvient vraiment pas de nous.

— Je connais un raccourci vers l'enceinte des sorcières qui nous y conduira plus rapidement, explique Papa. Il faut qu'on parte maintenant, et ils vont nous courir après.

— Tu es sûr que ça va marcher ?

Ragnar reste comme à son habitude un chef rigide et autoritaire, dénué d'émotions, bien que lorsqu'il me regarde, il y ait une sombre douleur dans ses yeux. Nous n'avons pas échangé un mot depuis que nous avons quitté le village, et c'est peut-être mieux ainsi. Il se passe trop de choses en ce moment pour que nous nous engagions dans une énième dispute.

Je déglutis fort et détourne le regard.

STONE

*L*a tension est à son comble, et pour ajouter à la situation merdique entre Narah et Ragnar, nous avons maintenant une armée de morts-vivants qui nous poursuivent comme des loups à qui l'on donne à manger.

Ce n'était pas notre plan initial. Le père de Narah, Gregory, était censé nous attendre près de la lisière des bois empoisonnés après nous avoir montré le raccourci qui les contournait pour atteindre l'assemblée, en espérant que nous entrerions dans l'enceinte en premier et trouverions Kaira. C'était transparent.

Ensuite, Gregory a lâché les zombies sur les sorcières.

Je prie la déesse de la Lune pour que ce nouveau plan fonctionne.

Narah s'accroche à moi alors que nous courons à travers les plaines ouvertes. Ragnar, Crius et le père de Narah prennent la tête pour atteindre l'assemblée des sorcières, un passage qu'Allie avait découvert après avoir observé leurs déplacements. Et dire que nous avons passé un temps infini à traverser les épais bois empoisonnés la première fois, alors que nous aurions pu gagner une journée entière si nous avions eu connaissance de ce raccourci.

Pénétrant dans une forêt adjacente, qui ressemble à un cul-de-sac avec une énorme montagne rocheuse au loin qui nous bloque le chemin, je suppose que nous allons vite être fixés. J'ai des doutes, mais d'un autre côté, je suis bloqué, avec les zombies qui nous suivent. Même s'ils ont pris un peu de retard, ils suivent toujours. Je n'ai pas honte d'admettre que chaque fois que je regarde la horde par-dessus mon épaule, mes tripes se contractent.

Mais il est trop tard pour s'inquiéter de ce genre de choses quand on est déjà dans la merde jusqu'au cou.

Nous allons nous battre, mais pas comme j'en ai l'habitude. Pour une fois, nous ne tuerons pas.

J'espère simplement que Gregory a raison sur ce point, et aussi qu'il ne va pas subitement se remettre en total mode zombie et nous tomber dessus.

Si l'on me demandait mon avis, je dirais que c'est proche d'une mission suicide, car si quelque chose tourne mal, nous sommes foutus. C'est pour cela que j'étais d'accord avec Ragnar sur le fait que Narah n'aurait pas dû être avec nous en ce moment. Elle est têtue et tenace, et après la dispute entre elle et Ragnar près de la grille, rien n'aurait pu l'empêcher de se joindre à nous pour récupérer sa sœur.

Elle s'accroche fermement à moi, ses magnifiques seins se frottant à mon dos à chaque choc, et j'aime l'avoir si proche. Même avec les deux pauses que nous avons prises pour reposer nos chevaux et laisser les morts-vivants nous rattraper, elle est restée dans son coin.

Gregory nous conduit vers un mur de buissons envahissants, qu'il piétine avec son cheval pour révéler un passage étroit entre la montagne rocheuse et la forêt. Eh bien, je ne m'attendais pas à ça. Une fois ressortis de l'autre côté, nous voyageons encore pendant quelques heures à travers une forêt dense avec une épaisse canopée au-dessus de nos têtes. Jusqu'à présent, je n'ai pas ressenti la morsure de la magie sur ma peau.

Finalement, Crius s'arrête près d'un bosquet de pins, et le père de Narah descend de son cheval. Son corps s'agite, me rappelant son état de folie quand il mettait la cuisine en pièces. En l'absence de sang magique, combien de temps lui reste-t-il avant de se changer en l'un d'entre eux, et que nous nous retrouvions face à un assaut de morts-vivants ?

Cette situation me stresse, d'autant plus que Narah est avec nous.

Avec le soleil qui descend, inondant les bois d'ombres, notre présence est aisément dissimulée, c'est déjà ça.

Narah glisse au bas de mon cheval, et je me tourne pour lui prendre la main et l'aider.

— Tu vas te sentir un peu endolorie à cause du long trajet.

Elle sourit à moitié, trébuchant avant de retrouver son équilibre. Ragnar nous a mis au courant de leur conversation sur l'origine réelle du pouvoir de Narah. En vérité, toute magie vient de quelque part. Elle ne se manifeste pas d'un coup à partir de rien.

Je puise la mienne dans les éléments qui m'entourent, dans la nature. Narah trouvera un moyen de travailler avec ce qui lui est donné une fois qu'elle aura appris à récupérer son pouvoir que je doute qu'elle l'ait perdu. Il est en elle, elle a juste besoin de le faire sortir. Le sort de sa mère l'a supprimé, et ce n'est pas comme si elle était disponible pour nous expliquer comment arranger ça.

Je descends de mon cheval et étire mon dos, faisant craquer mes os.

— C'est incroyable.

Nikos est à côté de moi.

— Je vais prendre ton cheval. On va les relâcher à l'écart. Espérons qu'ils n'aillent pas trop loin.

— Merci.

Je me tourne vers Narah qui se frotte les cuisses. Elles doivent être douloureuses.

— Hé, écoute, commencé-je. Je sais que les choses sont compliquées en ce moment, et ça craint, mais il n'y a aucune urgence à décider de quoi que ce soit. Je serai toujours à tes côtés.

Elle respire profondément et tourne la tête pour voir tout le monde se diriger vers Ragnar.

— Cela signifie beaucoup. J'ai juste quelques trucs à régler.

Ses yeux sont encore rouges et gonflés.

J'aimerais pouvoir la cacher en haut d'un arbre pour attendre la fin de cette mission.

Au lieu de cela, je lui dis :

— Reste près de moi. Si les choses tournent mal, je te protégerai, mais il faut que tu m'écoutes. Compris ?

Elle acquiesce sans hésiter. Narah n'est pas idiote et comprend le danger qui nous guette tous.

Passant mon bras autour de son dos, je l'attire à mes côtés ; cette urgence de la mettre en sécurité me frappe comme un torrent, me consume.

En silence, nous rejoignons le reste du groupe.

— À partir d'ici, nous irons à pied. Les bois sont trop denses pour que les chevaux puissent passer, nous explique Ragnar.

Son menton se lève vers le passage entre deux arbres courbés, révélant un chemin de terre étroit dans les bois qui, je suppose, était souvent emprunté par les sorcières.

Par-dessus mon épaule, je vois la première vague de morts-vivants qui se déplace dans les bois comme des ombres. La peur remonte le long de mon échine, et je serre Narah plus fort contre moi.

— Une fois que les morts-vivants arriveront, il n'y aura pas moyen de les arrêter, annonce son père. Restez près de moi, et ils ne vous toucheront pas. Le plan, c'est de les faire débarquer dans l'assemblée. Ensuite, on retrouve la fille d'Allie. Une fois que les morts-vivants auront commencé à festoyer, il me sera impossible de contrôler leur frénésie, alors nous devrons repartir.

— Cela ne m'inspire aucune confiance, gémit Crius.

— Je ne suis pas sûr d'aimer ce plan, murmure Narah, l'inquiétude se peignant sur son visage, et je suis du même avis qu'elle. Nous mettons Kaira en danger. Il doit y avoir un autre moyen.

— Nous nous en tenons au plan initial, déclare Ragnar. Quelques-uns d'entre nous se faufileront dans l'enceinte pour retrouver Kaira, et une fois le signal donné, Gregory lâchera les morts-vivants sur les sorcières.

Il fixe le père de Narah.

— Pourras-tu les retenir pour ça ?

— Je peux essayer, admet-il, plus hésitant qu'il ne semblait l'être chez Allie.

— On ne te demande pas d'essayer, exige Ragnar. Tu dois le faire.

Le silence s'installe entre nous jusqu'à ce que Gregory fasse un signe de tête peu engageant.

Merde, ça va mal se passer, n'est-ce pas ?

— Je vais prendre la tête avec Nikos. Crius, tu es à l'arrière avec Gregory. Stone et Narah, au milieu. On ne parle pas. Allons-y.

Je hoche la tête et regarde Narah, dont le visage a pâli.

— Tu vas bien ? murmuré-je.

— Ouaip. Je suis prête à sauver ma sœur.

Sa voix tremble, et il est évident qu'elle est terrifiée.

Sa bravoure m'impressionne, mais je ne laisserai rien la toucher. Je combattrai chaque foutu zombie pour la protéger. En regardant derrière nous les bois qui s'assombrissent, avec toutes ces ombres qui se déplacent maintenant, l'anxiété monte rapidement en moi.

— Euh, on pourrait se dépêcher, s'il vous plaît ? Je ne suis pas prêt à opérer un rapprochement avec les zombies.

Nous nous mettons en formation, et avançons à toute vitesse. Chaque fois que je regarde derrière nous, les ombres des morts-vivants se rapprochent de nous.

Les échos de leurs gargouillis et leurs pas rapides me poussent à me précipiter, l'instinct me pressant de courir. Je garde Narah devant moi. Sentant un mouvement sur ma gauche, je tourne la tête et vois le premier zombie se frayer un chemin dans les broussailles, prenant un raccourci vers nous.

— Putain ! beugle Nikos.

— Gregory, grogné-je, mais l'homme s'avance déjà pour se placer devant nous, sifflant, ce qui ne les arrête pas.

Les morts-vivants vacillent sur place, faisant claquer leurs mâchoires, semblant combattre l'instinct de nous massacrer. D'autres apparaissent derrière lui, et je me fiche de ce que dit Gregory. Je ne pense pas qu'il puisse assurer notre sécurité.

— Changement de plan, annonce-t-il, le corps frissonnant une fois encore, la voix crépitante. Ils sont beaucoup plus difficiles à contrôler que je ne le pensais au départ. Courez. Il faut que nous les fassions entrer dans l'assemblée avant qu'ils ne se retournent contre nous.

— Tu te fous de nous ? grogne Nikos.

— Courez ! lance Ragnar en nous poussant pour que nous nous précipitions devant lui.

Je prends la main de Narah, et nous nous élançons. Un tremblement parcourt mon dos, puis se répercute dans mon ventre et ma poitrine parce que nous nous sommes laissés embarquer dans cette position foireuse. Nous devons être les personnes les plus idiotes du monde pour avoir écouté Gregory.

Devant, il n'y a aucune trace de l'entrée de l'assemblée, et la panique m'étrangle. Je fouille du regard les arbres que nous dépassons en courant, à la recherche de branches basses sur lesquelles je pourrais faire grimper Narah.

Merde.

CHAPITRE 14

NIKOS

Personne ne m'écoute !

Mon instinct est devenu complètement fou dès que nous avons trouvé Gregory dans la maison d'Allie. Si l'on ajoute les cadavres, mes alarmes ont retenti comme des sirènes. J'aurais dû obliger Ragnar à m'écouter, j'aurais dû hausser le ton. Faire un marché avec les zombies c'est demander notre mort.

Illustration : nous fuyons les morts-vivants, et nous nous précipitons vers un autre ennemi, les sorcières.

Putain, c'est génial !

Je reste à l'arrière avec Ragnar pour empêcher tous ces enfoirés de se rapprocher pendant que Crius et Gregory prennent les choses en main. Stone protège notre bien le plus précieux : Narah. Après sa confrontation avec Ragnar devant les grilles, les choses ont dégénéré, et maintenant nous en ressentons tous les effets, avec la tension croissante entre eux. Où est-ce que ça nous laisse, nous autres ? Dans la merde, voilà où nous en sommes.

Martelant la terre à pas rapides, le nuage sombre de morts-vivants se rapproche. Ils sont sur nos talons, leurs dents claquent, je sens leurs gémissements sur ma nuque. J'ai la chair de poule, et je cours dopé à l'adrénaline pure. Il est hors de question que ces créatures me dévorent vivant.

— Par ici ! s'exclame Crius, nous faisant signe de prendre un virage serré devant nous.

Je relève la tête vers lui et je file, j'avance. Le chemin nous amène à un passage couvert entre deux arbres penchés, et débouche sur un champ ouvert. Les bois sont tellement denses qu'ils sont impénétrables. Je me jette dans l'arche juste derrière Narah et Stone.

Crius m'attrape les bras et me tire vers la droite. Stone fait de même avec Ragnar, et nous nous retrouvons tous derrière Gregory, qui siffle les morts-vivants chargeant dans le champ en direction de murs hauts d'un mètre et faits de branches tordues qui s'étendent à gauche et à droite à perte de vue. Derrière le mur se trouve l'assemblée des sorcières.

— Il faut qu'on entre là-dedans et qu'on sauve Kaira.

La frénésie dans la voix de Narah me fait paniquer. J'étais déjà terriblement tendu, mais là, je suis sur le point d'éclater.

— Gregory, l'appelle Ragnar en lui poussant l'épaule. *Nous* devons y aller maintenant avant que les zombies ne tuent tout le monde. Bouge.

L'homme acquiesce, mais je remarque qu'il tressaille,

et qu'un de ses yeux cligne deux fois plus lentement que l'autre. Combien de temps avons-nous avant qu'il se retourne contre nous et perde le contrôle des morts-vivants ?

Nous reprenons notre course une fois de plus, aux côtés des zombies en furie. Il n'y a rien de tel que d'être terrorisé par la présence de morts-vivants à quelques mètres de vous. Leurs vêtements pendent de leurs corps décharnés, leurs os sont visibles à travers les entailles et les blessures, leurs membres manquent, leurs orbites sont vides, leurs gémissements augmentent avec leur faim.

Les sorcières seront prévenues de leur arrivée, mais vu la vitesse à laquelle ils se déplacent, l'attaque sera quand même une surprise totale pour elles.

Plus je les regarde, plus je me demande ce qu'on va lâcher dans cette assemblée.

Sommes-nous meilleurs qu'Allie ?

Elle a gardé Gregory en vie bien plus longtemps que les sorcières n'ont gardé Kaira. Vu que Gregory savait exactement où aller pour trouver les sorcières et quoi faire, je dirais qu'Allie avait prévu d'éliminer les sorcières toute seule. Pour ce que j'en sais, elle avait peut-être aussi des plans pour prendre le contrôle des meutes de loups. Jamais je ne l'avouerais à Narah, mais peut-être que la mort de sa mère n'était pas une véritable tragédie.

— Par ici ! aboie Gregory, nous dirigeant vers la droite tandis que les morts-vivants progressent comme une rivière en furie, se heurtant directement à la barricade en bois.

Les premiers à toucher les murs encaissent des décharges d'électricité bleue, qui jaillissent vers l'extérieur et frappent leurs corps. C'est une magie destinée à tuer toute personne qui toucherait le mur.

Les morts-vivants se relèvent tout aussi rapidement qu'ils sont tombés, mais plus ils s'acharnent contre le mur, plus la structure craque et se courbe vers l'avant. Ils grimpent les uns sur les autres, créant une montagne que les autres escaladent.

J'ai les tripes nouées de voir l'acharnement de ces enfoirés.

Me glissant plus loin sur la droite, hors de la vue des créatures, j'examine le périmètre environnant. Tout va bien.

— Nous allons entrer là-dedans par ici, ordonne Gregory qui frappe d'une main contre le mur.

Je m'attends à ce qu'il prenne une décharge, mais rien ne se passe.

— Les zombies ont déclenché le sort, et pendant que les sorcières s'occupent d'eux, on se dépêche d'entrer.

Je prends le bras de Narah dont les yeux sont écarquillés. La pauvre créature tremble.

— Je vais t'aider.

Je serre légèrement sa main.

— Merci, répond-elle doucement, l'air complètement perdu.

Stone et Ragnar sont déjà en train d'escalader la structure, utilisant les branches entrelacées comme prises pour les mains et les pieds. Crius hisse Gregory en haut du mur ; l'homme n'est pas tout à fait stable sur ses jambes.

— Un des autres gars te rattrapera de l'autre côté, expliqué-je à Narah. Ne t'en va pas avant que nous y soyons tous. Compris ?

— D'accord.

Je l'attrape par la taille, la soulève et la place sur mes épaules, ses jambes chevauchant ma nuque. Que ne donnerais-je pas pour être dans cette même position, mais tête la première dans sa douce intimité… c'est un *life goal*. Je me bats plus fort pour m'assurer que nous survivions et puissions le réaliser.

— Mets-toi debout sur mes épaules, ma belle, lui expliqué-je, m'approchant du mur, me collant face à la structure. Hisse-toi et passe par-dessus.

À côté de moi, Crius a les mains sur le derrière de Gregory et le pousse. J'aurais pu en rire si je n'avais pas été dopé à l'adrénaline, et paniqué à l'idée de nous savoir si vulnérables.

Je tiens les jambes de Narah pour qu'elle ne tombe pas. Elle monte maladroitement, puis s'éloigne de moi et fait le reste du chemin, jusqu'à l'endroit où Ragnar est à moitié suspendu au mur. Il la soulève et la fait passer par-dessus. J'échange un regard avec Crius, qui époussette sa chemise, puis repousse ses dreadlocks tressées hors de son visage et me regarde.

— Je suis ravi que tu aies eu son sexe plaqué contre ta nuque pendant que j'avais un cul de zombie puant en pleine face.

Je ricane à moitié.

— Dit le gars qui a eu droit au dit sexe hier soir pendant que j'étais coincé à parler stratégie avec ce vieux schnock. C'est toi qui remportes ce round, mon ami.

— Je fais la course avec toi, suggère-t-il et je saute sur l'occasion, escaladant le mur à la vitesse d'une araignée, sans hésiter à frapper Crius au visage avec mon pied.

En grognant, il se jette sur moi, et nous basculons par-dessus le sommet et à l'intérieur de l'enceinte. Il s'écrase sur moi.

— Merde ! gémis-je, car j'ai atterri sur le dos. Dégage ton gros derrière de moi.

Crius sourit, sachant qu'il a gagné ce round, et me tend la main. Je la saisis et me relève en quelques secondes, époussetant mon pantalon. Je constate alors que nous sommes seuls.

— Où sont-ils, bordel ? demandé-je.

— On dirait qu'on est tout seul. Allons à la chasse aux sorcières.

NARAH

*L*e chaos.

C'est la seule manière de décrire la situation.

Les morts-vivants se ruent comme des fous sur les terres de l'assemblée, les cris des sorcières sont terrifiants et l'odeur lourde de la magie emplit l'air, sa puissance me mordant la peau. La mort contre la magie. C'est exactement ce qui est en train de se passer, et nous n'avons toujours pas trouvé Kaira alors que nous nous précipitons dans le troisième cottage.

Ragnar et Stone y entrent en premier pour assommer tout le monde pendant que papa éloigne les zombies. Je suis à côté de lui et je n'arrête pas de le regarder avec une envie stupide de le prendre dans mes bras. C'est absurde, surtout à cet endroit, mais j'ai les larmes aux yeux chaque fois qu'il me regarde. Je n'ai pas besoin de ce genre de distraction.

Un cri attire mon attention depuis le jardin ouvert devant le cottage où nous nous trouvons.

Figée d'horreur, je regarde un groupe de zombies foncer sur deux femmes âgées qui sont en train de jeter un sort, puis les avaler dans leur frénésie affamée. Je savais ce qui allait se passer, mais en être témoin me torture.

Je ne sais pas qui est bon et qui est mauvais. Y a-t-il même de bonnes sorcières dans cette assemblée ? Selon Maman, elles voulaient toutes nous tuer. Comment puis-je défendre cela alors que j'ai vu de mes propres yeux à quel point elles voulaient ma mort et celle de mes sœurs ?

Il faut que je retrouve Kaira. Je me retourne vivement et vois Stone en train de nettoyer ses articulations ensanglantées sur les rideaux. Ragnar, quant à lui, est sur le point de régler son compte à un homme à genoux. Il y a déjà deux autres hommes sur le sol, inconscients.

— Arrête ! m'écrié-je, impatiente de retrouver ma sœur. Pas encore.

— Je t'ai dit de rester dehors, rugit Ragnar.

Après avoir expiré brusquement, je me précipite vers l'homme que Ragnar tient par la gorge, et Stone lui tient les mains dans le dos.

— Kaira, murmuré-je. La nouvelle sorcière que la grande prêtresse a accueillie récemment. Où est-elle ?

Il écarquille ses yeux bleus, sachant que s'il fait un geste, Ragnar l'achèvera.

— La cabane principale au bout des maisons, avec un toit pointu. Son regard se déplace vers la gauche pour indiquer la direction.

Je recule.

— Merci.

Ragnar assène un coup de poing au visage de l'homme, l'envoyant s'étaler sur le dos, mais je suis déjà en train de sprinter hors de la maison.

Ragnar s'occupe de Papa, et Stone me suit. Passant devant des zombies et des maisons, nous voyons des sorcières fuyant leurs foyers, tandis que d'autres sont pourchassées par des morts-vivants. Nous courons sur le chemin qui passe entre les deux rangées de cabanes. Le sifflement de Papa nous fraie un chemin au milieu du nombre impressionnant de zombies qui ont tout envahi.

Droit devant, j'aperçois une maison en bois sombre avec un toit pointu. J'avance plus vite, même si j'ai l'impression de progresser au ralenti.

Kaira, s'il te plaît, sois là. Je t'en prie.

Nous n'avons pas le temps. Stone passe le premier, ouvrant la porte d'un coup d'épaule. Le bois s'ouvre, et nous nous retrouvons à l'intérieur d'une grande pièce avec une table et des coussins sur le sol. L'odeur des herbes brûlées emplit l'air, mais il n'y a personne, alors Stone fonce dans l'arrière-salle.

— Où est la grande prêtresse ?

— Ici, grogne Stone, nous courons.

J'ai le cœur au bord des lèvres.

Quand j'entre dans la bonne pièce, je dirige mon regard vers une grande cage.

Ce n'est pas la grande prêtresse que nous trouvons.

C'est Kaira.

Elle est à l'intérieur, recroquevillée, serrant ses genoux dans ses bras, sans nous regarder.

Une respiration étranglée s'échappe de ma gorge et je me jette à genoux près de la cage.

— Kaira, l'appelé-je en tirant sur le métal, trouvant un verrou sur la grande porte. Nous allons te faire sortir, je te le promets.

Je tire à nouveau sur la porte verrouillée, le pouls battant dans mes oreilles. J'ai envie de hurler. Cette pourriture a gardé ma sœur en cage comme un animal.

Elle lève sur moi des yeux troubles, mais ne réagit pas. C'est comme si quelque chose s'était éteint en elle, et qu'elle n'attendait que d'être réactivée.

À la voir ainsi, une douleur aiguë me fend le cœur.

— Recule, exige Ragnar.

Je recule rapidement quand il frappe le verrou avec une pierre. Trois coups plus tard, le cadenas cède, et j'ouvre rapidement la porte et traîne ma sœur dehors. Stone la prend, la berce dans ses bras. Elle s'affaisse comme si elle n'était pas capable de se tenir debout toute seule.

— Kaira.

Je pose les mains sur son visage, l'obligeant à me regarder, à se souvenir de moi.

Je ne trouve que du vide au fond de ses yeux.

— Quel est son problème ? demande Stone.

— Je pense que la prêtresse l'a traitée comme une marionnette.

— Tiens, donne-lui ça à boire, suggère Ragnar en sortant de sa poche une fiole remplie de quelque chose de rouge. Selon ta mère, cela sert à effacer les malédictions. Elle voulait s'en servir pour piéger les sorcières avec l'aide de ton père.

Je cligne des yeux devant la petite fiole que Ragnar me tend. La dernière fois que maman nous a soignés, nous sommes morts, et j'ai perdu mes pouvoirs.

— C'est sûr ? murmuré-je, tandis qu'à l'extérieur, un autre assaut de cris retentit dans l'air.

— Quel autre choix avons-nous ? demande Ragnar, impatient.

— Elle le prend maintenant, et la prêtresse ne pourra pas la réveiller si elle nous trouve. Ou elle ne le prend pas, et nous prions pour ne pas croiser le chemin de la prêtresse en nous échappant.

J'ai mal au ventre et j'ai la tête qui tourne. Je ne veux pas que Kaira soit blessée, mais nous ne pouvons pas nous permettre qu'elle soit réveillée pour que ses pouvoirs soient utilisés contre nous. Les secondes paraissent des heures alors que je sens le regard des hommes sur moi, qui attendent de moi une décision. Je retire le bouchon de la fiole et me penche vers ma sœur.

— Kaira, j'ai besoin que tu boives ça pour moi. D'accord ?

Je place le rebord de la fiole sur sa bouche tandis que Ragnar tient sa mâchoire et lui ouvre la bouche. Ce qui ressemble à du sang s'écoule du flacon. Ça sent le pourri, mais Kaira l'avale, sans montrer la moindre réaction au goût. Soudain, elle se met à convulser dans les bras de Stone.

Mon ventre se contracte et je crie :

— Kaira, non, je t'en prie, non !

Je saisis ses bras alors que ses yeux se révulsent, avant qu'elle ne se relâche complètement dans les bras de Stone.

— S'il te plaît, je t'en prie, Kaira. Ne t'avise pas de me faire ça.

CHAPITRE 15

CRIUS

—Quinze zombies, annonce Nikos, bombant le torse comme un coq, debout sur le toit d'une hutte proche de celle où je me trouve.

— Remets-toi. J'en suis déjà à vingt et un.

— Va te faire voir, c'est faux.

Je regarde la traînée de zombies morts dans mon sillage. Ceux qui sont vivants tâtent les murs de nos huttes mais n'ont aucune idée de la manière dont ils pourraient grimper ici par eux-mêmes. Enfoirés.

Beaucoup de sorcières se sont enfuies. Elles ne prennent même pas la peine de lancer des sorts dans leur lutte pour sauver leur famille, parce qu'un faux mouvement pourrait les faire dévorer. Je ferais la même chose si deux cents morts-vivants se déchaînaient sur moi.

Nikos et moi sommes seuls, Gregory n'est pas dans les parages, et les zombies se retournent contre nous.

Alors nous changeons de tactique et les pourchassons en recherchant notre équipe.

— J'en vois à peine douze, se moque-t-il.

— Continue à te raconter ça. Et sinon, tu peux voir les autres d'ici ? Ça me met sur les nerfs que nous ne les ayons pas encore trouvés.

Nikos ne répond pas. Il jette un coup d'œil au loin sur une maison sombre avec un toit pointu… ce dont les autres huttes ne sont pas équipées.

— Est-ce que ça ressemble à Gregory ?

Il montre devant nous quelqu'un qui pourrait être lui, en train de se disputer avec une femme dont je pourrais jurer que c'est la grande prêtresse. Mes poils se hérissent, je me souviens de notre dernière rencontre quand la garce nous a jeté un sort.

Le cri soudain de Gregory est porté par le vent.

— Il faut qu'on le rejoigne maintenant.

Je recule de quelques pas, puis je cours et m'élance sur le toit de Nikos. À l'atterrissage, les planches de bois gémissent sous mon poids. Je donne un coup de coude à Nikos.

— Si tu avais tes pouvoirs, tu pourrais en appeler aux éléments et nous donner l'avantage pour en finir rapidement.

— Tu crois que je n'y pense pas aussi ?

Nikos nous avait informés que non seulement le pouvoir de Narah avait disparu, mais le sien aussi. En fait, la petite touche de pouvoir que j'ai, et qui n'est en rien comparable à ce que Nikos ou Narah ont, mais une chose bien particulière qui ne peut être réalisée qu'une fois, est inutile maintenant. Je ne sens rien en moi, aucune étincelle de magie. Nous avons été nettoyés par la mère de Narah.

— Putain, ça craint, merde ! grogné-je. Et l'on doit faire ça à l'ancienne, avec les poings et l'acier.

Nikos acquiesce et regarde tous les morts-vivants à côté de sa hutte.

— Regarde ces trois cabanes devant nous, dis-je. On va sauter sur elles, puis courir à toute vitesse vers Gregory. Tu es prêt ?

Avec un sourire, il se retourne et sprinte vers le bord. En se propulsant d'un grand bond, il fait un atterrissage parfait. Abruti.

Je lui cours après, et nous ne prenons pas la moindre pause, car nous devons mettre un maximum de distance entre nous et la horde. Nous atterrissons sur la pelouse devant la dernière cabane, et filons à travers la zone ouverte en direction de Gregory. Le claquement de dents des créatures qui nous poursuivent augmente en volume, et il y a du mouvement tout autour de nous. Mes tripes se contractent à cette vue.

Une étincelle de magie jaillit de la grande prêtresse, frappant Gregory à la poitrine, et une lumière blanche s'y enroule comme un lasso.

La panique m'étrangle. Nikos grogne, sachant exactement dans quelle merde nous sommes si Gregory meurt.

Nous arrivons rapidement derrière eux, et je suis assez proche maintenant pour voir les griffures et même les marques de morsure sur le cou et les bras de la prêtresse. Elle s'est battue contre des zombies, et en sera un elle-même très bientôt. Je ne veux même pas savoir de quoi une puissante grande prêtresse zombie serait capable.

M'emparant du couteau à ma ceinture, j'adresse un regard complice à Nikos. Lui aussi tient un couteau dans sa main.

Il est temps de faire couler le sang.

Envahi par un regain d'adrénaline, je me jette derrière la sorcière qui chancelle alors que Gregory tombe à genoux. Je ne peux plus voir que le blanc de ses yeux maintenant.

Bon sang.

Il nous a presque quittés, et les morts-vivants sont sur nos talons. Leurs gémissements s'intensifient, et leurs bruits de pas martèlent la terre. Bordel.

Je m'élance sur la prêtresse, épuisé de toute cette merde, Nikos à mes côtés. Je la frappe dans le dos, aplatissant une main sur son épaule pour la maintenir tandis que l'autre enfonce ma lame dans son dos, poussant fort pour percer son cœur noir.

Elle hurle, se contorsionnant, se cambrant dans ma poigne, et le choc de sa puissance me frappe l'épaule. Je beugle à cause de la piqûre brûlante qui s'enfonce dans mes os comme si j'avais été frappé par la foudre. Projeté en arrière, je heurte le sol avec un gémissement.

Au même moment, Nikos saute sur le dos de la prêtresse et, d'un geste rapide, lui tranche la gorge avec sa lame. Le sang gicle sur le visage de Gregory, et les lignes blanches de magie qui l'entourent disparaissent dans un craquement.

La grande prêtresse tombe à genoux, puis s'écrase sur son visage, et son corps s'enflamme. Un instant elle était là, celui après, elle disparaît en une bouffée de poussière qui atteint les autres qui se tiennent sous le porche.

— Wouah, c'est quoi ce bordel ?

Me relevant, je me cramponne l'épaule, encore douloureuse à cause de sa magie.

Narah et Ragnar sortent en trombe de la cabane, suivis de Stone qui porte quelqu'un dans ses bras. Nous sommes tous témoins de quelque chose qui n'a aucun sens.

Le nuage de cendres de la sorcière morte flotte directement vers eux, et ils le chassent avec des mouvements des mains.

— Bon sang, mais comment ça a pu arriver ? marmonné-je, avant de remarquer Nikos près de Gregory, en train de le soutenir.

Tout autour de nous, les zombies sont debout et observent, comme figés.

— Qu'est-ce qu'ils font ? demande Ragnar, la voix tremblante, et je ne peux pas le lui reprocher.

Peu de choses m'effraient, mais je viens de voir une sorcière se changer en poussière sous mes yeux, et maintenant, ça…

Mon attention se porte sur Narah, qui court vers son père, s'agenouille près de lui et lui attrape le bras. Je n'entends pas ce qu'elle lui dit, mais elle pleure. Ma

poitrine se serre à cette vue, pourtant le faible gémissement des monstres qui se sont soudainement arrêtés me
fait froid dans le dos.

Combien de temps nous reste-t-il avant qu'ils nous
attaquent ?

Ragnar s'avance vers eux tandis que je rejoins Stone,
qui porte Kaira. Ils l'ont trouvée. Parfait.

— Il faut qu'on se tire d'ici à toute vitesse,
marmonné-je.

Les créatures devant nous n'ont d'yeux que pour
Gregory, comme si elles étaient coincées, d'une certaine
manière.

— Dès l'instant où il se transforme, nous sommes
tous foutus, grommelle Stone.

Sans attendre une seconde de plus, je me précipite
aux côtés de Ragnar et me penche vers lui en
chuchotant :

— Nous devons y aller maintenant. Gregory va se
transformer d'une seconde à l'autre.

Il me jette un regard plein d'effroi et acquiesce.

— Toi, Nikos et Stone, vous repartez par où nous
sommes venus. Voyez si vous pouvez trouver nos
chevaux. Nous serons juste derrière vous.

Narah pleure, s'accroche au bras de son père, mais
celui-ci tremble. J'ai le cœur brisé qu'elle doive lui dire
au revoir pour la seconde fois. C'est le genre de
connerie qui détruit une personne. Je veux être celui qui
la prend dans ses bras et lui rappelle qu'elle est aimée…
Merde, est-ce que je viens vraiment de prononcer le
mot en « A » ?

— Vas-y, grogne Ragnar, et je recule.

Nikos se joint à Stone et moi.

Alors que nous nous frayons un chemin à travers la masse de zombies, tous les poils de mon corps se hérissent.

— Bordel, c'est flippant, mec, marmonné-je.

— Avance plus vite, me presse Stone, qui marche si vite que Kaira rebondit dans ses bras.

Je jette un rapide coup d'œil en arrière et vois Ragnar qui soulève Narah dans ses bras, tandis qu'elle tend les siens vers son père. Ses cris transpercent l'air, et mes entrailles se déchirent devant le chagrin tragique qu'elle subit. Ragnar sprinte vers nous en la tenant serrée contre lui.

Son père est allongé sur le sol, il tremble encore.

Le temps joue contre nous. Nikos et moi avançons plus vite, et rapidement, nous sortons de l'assemblée et débarquons dans les bois par lesquels nous sommes passés pour arriver jusqu'ici.

Par miracle, nos chevaux sont au loin, mangeant de l'herbe dans une parcelle de terre ouverte baignée de soleil. J'observe les alentours et remarque un groupe de silhouettes plus loin dans la forêt, qui file à l'opposé de nous. Les sorcières.

Merci, putain. Au vu de tout ce qu'elles ont perdu aujourd'hui, nous sommes le cadet de leurs soucis. Peut-être que plus tard, elles chercheront à se venger, mais pas maintenant.

Le temps que nous récupérions les chevaux, je suis à bout de souffle. Sans un mot, Nikos et moi aidons tout le monde à se mettre en selle, et nous attachons Kaira au dos de Stone pour qu'elle ne glisse pas du cheval. Ensuite, nous partons.

Mon cœur bat à tout rompre, et jamais de ma vie je n'ai été aussi heureux de quitter un endroit. Nous chevauchons en silence jusqu'à ce que les bois ne soient plus qu'un point derrière nous. Pourtant, personne ne s'arrête.

Une sensation tenace me titille l'esprit, me disant que c'était trop facile. Qu'il est impossible que la grande prêtresse soit tombée aussi vite. Je continue à la voir se changer en poussière. Est-ce un truc typique des sorcières quand elles meurent ? Ça n'en a pas l'air pour moi.

Je voudrais me réjouir de sa mort, et pourtant mon instinct me hurle qu'il y a vraiment un truc qui cloche. Plus je repense à la manière dont elle est morte, plus je suis convaincu que ce n'est pas la dernière fois que nous la voyons.

CHAPITRE 16

NARAH

Je reste assise en silence à côté du lit de Kaira. Elle est sonnée alors que la guérisseuse de la meute, Flora, essaie de lui faire boire une décoction à base de plantes. Elle a beau sentir la terre et l'herbe et ressembler à de l'eau sale, Kaira l'engloutit.

Flora est tout en courbes, a des boucles rousses, et elle est très joviale. Dès qu'elle est entrée dans la hutte avec un grand sourire, j'ai eu la certitude qu'elle allait guérir, ma sœur. Certaines personnes sont tout simplement de nature paisible, et cette femme est l'incarnation même du calme. Je l'aime déjà.

Assise sur le second lit, à seulement quelques centimètres de celui de Kaira, Jae est blottie contre moi, étreignant un oreiller, observant tout. Elle a éclaté en sanglots dès qu'elle a vu notre sœur et n'a pas quitté son chevet depuis. Aucun de nous ne l'a fait. J'ai pleuré de bonheur de l'avoir retrouvée. Nous avons tous traversé tellement de choses.

— Il te faut quelques jours de repos au lit, ensuite je reviendrai te voir, annonce Flora à Kaira, qui hoche la tête. Tu es simplement épuisée et dénutrie, ce qui signifie qu'il va te falloir manger beaucoup pour reprendre des forces. Il faut remettre un peu de viande sur tes os, ma chérie.

— Merci, dis-je à la guérisseuse tandis que Kaira lui sourit faiblement.

Je la raccompagne hors de la hutte, où je lui chuchote :

— Alors, elle va redevenir normale en un rien de temps ? Vous n'avez rien senti d'autre d'étrange chez elle ?

— Non, elle est simplement fatiguée, me répond Flora avec un beau sourire rassurant. Il n'y a rien qui sorte de l'ordinaire. Si quelque chose change, fais-le-moi savoir. Elle est en voie de guérison. Tout ce dont elle a besoin maintenant, c'est de nourriture et de beaucoup d'amour.

— Ça, je peux le faire.

Après lui avoir fait mes remerciements, je retourne vers mes sœurs. Jae s'est glissée dans le lit avec Kaira, et elles discutent doucement.

Lorsque je les vois ensemble, des images du passé défilent dans mon esprit, me rappelant une époque plus simple où l'ignorance était une bénédiction. Où je ne voulais rien de plus qu'être à la maison avec mes sœurs.

Énormément de choses ont changé depuis, mais pour ce soir, c'est sur elle que je me concentre.

Je me précipite vers elles et m'assieds sur le bord du lit, les regardant en souriant. J'ai effacé les marques sombres de la grande prêtresse sur son front, mais il y a encore de petites taches autour de ses sourcils. Quand elle ira mieux, je lui ferai couler un bain.

— Comment te sens-tu ? lui demandé-je en repoussant une mèche de cheveux collée sur son front moite.

— Comme si je venais juste de manger de l'herbe, dit-elle en se frappant la bouche avant de se lécher les dents. Ce truc était horrible.

S'accrochant de toutes ses forces au bras de Kaira, Jae se met à rire et regarde sa sœur comme si elle ne supportait pas de tourner le regard, de peur qu'elle disparaisse. Mon cœur fond en voyant mes sœurs si proches.

— Ça sentait plutôt mauvais, confirmé-je, le cœur rayonnant de la voir si normale.

Il n'y a plus de folie dans ses yeux, et je ne ressens pas la moindre magie autour d'elle.

— Tu veux que je t'apporte à manger ? Du thé chaud ? Quelque chose ?

— Tout ce dont j'ai besoin se trouve ici.

Elle s'agrippe à ma main, et secoue la tête.

— Je veux juste être avec vous deux. Reste avec moi. Quand j'étais ensorcelée, j'avais l'impression d'être piégée à l'intérieur de moi-même, et j'avais beau hurler, personne ne m'entendait. Alors j'ai repensé à vous deux et à toutes les aventures que nous avons vécues pour m'empêcher de perdre la tête.

Je ricane et Jae éclate de rire.

— Je ne suis pas certaine qu'on puisse qualifier d'aventure le fait de vivre avec les Loups de la Tempête.

— Eh bien, il y a eu cette fois où tu as attrapé et relâché un lapin dans la maison, et où ça nous a pris une demi-journée pour l'attraper, me rappelle Jae. Ensuite, on l'a retrouvé en train de mâcher tes sous-vêtements.

— Ah, oui, j'avais oublié ça.

Comme beaucoup d'autres choses récemment, parce que j'étais trop occupée à survivre et à sauver mes sœurs. Un sentiment de tristesse me saisit quand je constate à quel point j'ai facilement oublié de profiter des petites choses alors que je suis partie en mission depuis des mois. Avec le retour de Kaira, peut-être que ça va enfin changer.

Kaira se contente de sourire tandis que Jae lui casse les oreilles. Elle est pâle, avec des cernes sombres sous les yeux. Ma poitrine se serre chaque fois que je l'imagine piégée dans cette cage. Plus que tout, je souhaiterais avoir mon pouvoir pour faire souffrir la grande prêtresse en représailles de ce qu'elle nous a fait, à mes sœurs et moi.

Je devrais me consoler en me disant qu'elle est morte, et que nous n'aurons plus jamais affaire à elle. J'essaie de ne pas m'inquiéter de la manière dont elle est morte. J'ai entendu parler de sorcières puissantes qui décèdent de manière mystérieuse, à cause de la quantité de magie qu'elles engrangent. Lyra semblait être une prêtresse avide de pouvoir.

Elle n'est plus. C'est tout ce qui m'importe.

Me rapprochant de Kaira, je me joins à leur conversation. Je voudrais que jamais ce moment ne prenne fin.

Le retour de mes sœurs me rend plus supportable le fait d'avoir perdu mon père une seconde fois. J'ai décidé de ne pas parler à mes sœurs de son retour à la vie. Rien dans cette épreuve ne leur sera bénéfique, mais cela pourrait les marquer à vie. Ce monde nous a suffisamment abîmées, et si je peux leur épargner certaines de ses horreurs, je le ferai.

Tout comme Ragnar a essayé de le faire pour moi.

RAGNAR

— La sorcière n'est pas morte, intervient Crius, avant d'avaler plusieurs gorgées de bière. Nous l'avons tous vu. Les gens n'explosent pas en poussière, peu importe qui ils sont.

— Il y a eu cette fois, chez moi, où une sorcière a changé quelqu'un en poussière, murmure Stone. Donc ce n'est pas invraisemblable.

Crius pince la bouche sur le côté.

— On parle de mourir, mec, pas d'un foutu sort. Je veux dire, toi, Ragnar et Nikos, vous l'avez sentie. Qu'en dites-vous ? Avez-vous ressenti quelque chose de magique à ce moment-là ?

— J'étais bien trop occupé à essayer de ne pas

m'étouffer avec, croasse Nikos. Ce n'était que de la cendre.

— Ça ne ressemblait pas à de la magie, dit Stone.

Attrapant les tranches de viande et de fromage sur le plateau de nourriture de notre table, il se construit une petite tour avant de la fourrer dans sa bouche.

Je secoue la tête.

— La prêtresse n'est plus, mais gardons un œil attentif les uns sur les autres et sur les filles au cas où quelque chose nous semblerait anormal.

Crius hausse les épaules.

— C'est déjà le cas. Réfléchis. Ceux d'entre nous qui avaient des capacités magiques les ont perdues grâce à Allie. Ce pourrait être la raison pour laquelle nous ne sentons rien.

— Raison de plus pour nous montrer prudents, constaté-je avant de me servir du pain enduit de beurre et de miel. Bref, ce soir, il s'agit de fêter la mort de la méchante sorcière, et le sauvetage de Kaira. Demain, je commencerai à mettre en place des actions avec l'Alpha Mihai pour revendiquer les territoires et les meutes proches. Nous devons agir vite avant que Martell ne se rende compte qu'il a perdu son lien avec les sorcières.

— Et avant que les sorcières ne se rassemblent pour riposter, chuchote Nikos.

— Bon point, réponds-je. Ce soir, on va s'enivrer et s'amuser. C'est une formidable victoire pour nous.

— Narah devrait être avec nous, dit Stone en faisant la moue.

Son absence m'étouffe aussi.

— Je suis d'accord, mais ce soir, ses sœurs ont besoin d'elle. Ce sera une raison de plus pour nous de faire une autre fête.

Je lève mon pichet de bière, et mes hommes font de même.

— Skål ! nous exclamons-nous à l'unisson avant de pousser des cris joyeux et d'engloutir nos bières.

— Encore ! beugle Nikos à l'attention du barman.

Les hommes entament une conversation, et Crius déclare que c'est lui qui a tué le plus grand nombre de morts-vivants dans l'assemblée. Son esprit de compétition est admirable, mais j'ai remarqué un changement chez lui ces dernières semaines. Au démarrage de cette mission, ses plaisanteries étaient méchantes et sinistres, et il ne cessait de me parler du moment où il pourrait enfin exercer sa magie, une capacité qu'il ne pouvait exercer qu'une seule fois et qui le conduirait à la mort. C'est ainsi que fonctionne son pouvoir. Il peut tirer une magie extraordinaire de la terre, mais en échange, il doit le payer de sa vie.

Crius est resté longtemps dans un état de détresse après la tragédie de son frère. Ce n'était pas sa foutue faute, mais celle de ses parents. Il ne voulait pas entendre raison, et pendant longtemps, il a cherché à mettre fin à ses jours. Alors je lui ai promis que s'il venait avec moi sur cette mission, il aurait une fin digne d'un guerrier, et pourrait entrer dans le Valhalla. Mon intention était de le faire changer d'avis et de ne jamais le laisser aller jusqu'au bout. Pour la première fois, je vois ce changement plein d'espoir opérer en lui.

C'est Narah la responsable. Depuis qu'elle nous a rejoints, j'ai constaté des changements chez nous tous. Elle a fait de nous des hommes meilleurs. C'est un pas énorme que de savoir qu'elle a eu une influence sur quelqu'un d'aussi brisé que Crius, au point qu'il n'a pas demandé à se tuer.

Nous nous sommes tous liés, et mon chagrin de partager Narah est un fardeau que je devrai surmonter car je ne peux pas lui briser le cœur, ni celui de mes hommes, ni le mien.

NARAH

Deux nuits plus tard, Kaira est presque redevenue normale, mais elle s'épuise et s'essouffle si elle en fait trop, ce qui la contraint à rester à la maison. Jae m'a convaincue qu'elle et Kaira devraient passer la soirée chez son amie, et quand j'ai discuté avec la mère de la jeune fille, elle était plus qu'heureuse de les recevoir.

Cela me laisse une nuit de repos, et pour une fois, je n'ai pas l'impression que ma vie est en jeu. Certes, il me faut pour ça ignorer ma louve qui se languit de Ragnar depuis plusieurs jours.

Assise près de la fenêtre de la taverne avec lui, j'observe le ciel strié de rouge tandis que le soleil se couche. Nous sommes seuls, mais les autres nous rejoindront après avoir fait quelques courses. Ragnar s'enfonce davantage dans son siège, me regardant par-dessus la longue table avec une expression malicieuse inhabituelle.

— C'est quoi ce regard ? lui demandé-je en buvant une gorgée de mon vin rouge fruité.

— Tu es magnifique.

Il n'a plus son expression sombre, maussade et sérieuse. À cet instant, il y a de la douceur dans ses yeux, aussi bleus que le ciel après une averse de printemps.

— Eh bien, tu as été trop occupé pour me voir ces derniers jours, alors autant profiter de ce que tu as manqué.

Je lui tire la langue.

Il éclate de rire, rejetant la tête en arrière, et j'adore ce bruit. Tout mon corps réagit : mes mamelons se tendent, mes genoux faiblissent et mes cuisses se serrent l'une contre l'autre pour accentuer ce picotement que je ressens au creux de mon corps.

Évidemment, ma louve s'agite et me met mal à l'aise en se déplaçant en moi, protestant contre mon attirance pour Ragnar. À ses yeux, il n'existe qu'un seul loup pour elle, celui de Martell. J'aurais préféré avoir éliminé mon ancien compagnon et le faire sortir de mon organisme une bonne fois pour toutes.

Ragnar croise ses bras forts et les appuie sur la table, ce qui me distrait. Il respire la séduction masculine, et mon pouls s'emballe chaque fois que je le regarde.

— Beaucoup de choses se sont passées depuis que nous nous sommes retrouvés seuls et que nous avons vraiment parlé. Et nous ne nous sommes pas vraiment quittés en bons termes.

— Alors, maintenant tu veux en parler ?

Je plante mon regard dans le sien, déterminée à ne pas me fâcher, quelle que soit la direction que prendra cette conversation. Pour une fois, les choses ont bien tourné pour moi, et j'ai besoin de m'accrocher à ces bonnes nouvelles. J'ai assez souffert et pleuré.

— Oui, me répond-il, assis là, avec sa mâchoire ferme et son sourire captivant.

— Très bien, de quoi veux-tu parler ?

J'énumère déjà des choses dans ma tête, mais je veux que ce soit lui qui mène cette discussion.

— Je n'aurais jamais dû te cacher des informations au sujet de ton père ou de ce que nous avions découvert sur ta mère. Tu avais raison. Ce n'était pas à moi d'en décider, même si je ne voulais que te protéger, Narah.

Il tend une main sur la table pour prendre la mienne. Avec son pouce, il décrit de petits cercles.

— Je suis désolée que tu aies dû subir le chagrin de le voir dans cet état. C'était de cela que je voulais te protéger.

Mon cœur s'apaise à entendre ses paroles sincères et chaleureuses, ils calment la douleur de ma perte. Mes doigts s'enroulent autour de sa main, s'accrochant à lui, et ma poitrine se serre alors qu'il me fixe. Merde. C'est magnifique et apaisant qu'il se soit excusé. Ces derniers temps, nous nous sommes disputés, et je m'inquiète que les choses ne fonctionnent pas entre nous. Cette pensée me dévaste.

— Ce n'est pas de ta faute. C'était une décision de ma

mère. Seule la déesse sait pourquoi elle a fait ça, mais je ne suis plus en colère contre toi.

Je me mords la lèvre inférieure, et mes pensées se déversent.

— J'ai peut-être réagi de manière excessive. Je veux dire… Je ne veux pas raconter à mes sœurs que mon père est revenu d'entre les morts ni ce que ma mère faisait. Je veux les protéger et comprendre pourquoi tu m'as caché cette information. J'ai un peu perdu la tête quand j'ai vu mon père.

Sa main serre la mienne.

— Ça ne soulagera pas la douleur, mais tu n'es pas seule.

— Merci, murmuré-je doucement. Je suis presque gênée d'avoir craqué aussi vite, dis-je, et mes joues s'échauffent.

— J'ai juste besoin que tu comprennes que je ne te ferais jamais de mal. Je serais capable de brûler le monde entier pour te garder à mes côtés, Narah, dit-il sans la moindre hésitation. Tu dois apprendre à me faire confiance.

— Je le ferai. Pour l'instant, même de l'autre côté de la table, tu es trop loin.

Avec le plus délicieux des sourires, il se lève et vient s'asseoir sur le banc à côté de moi. Mon cœur se réchauffe de l'avoir si près de moi, alors que nos flancs se touchent. Il passe la main dans mon dos et me serre contre lui. J'aime être dans ses bras, il me tient chaud et me protège.

— Je ne veux pas me disputer avec toi à nouveau, me dit-il. Ça me fout trop en l'air.

Sa main trouve la chaleur de ma peau sous ma chemise, et mon pantalon se retrouve mouillé presque instantanément. Se penchant, il enfouit son visage dans mon cou.

Il me lèche l'oreille, puis chuchote :

— Et ça a été très difficile. Je meurs d'envie de te prendre.

Mes yeux s'écarquillent, et mes joues s'enflamment. J'essaie de parler, mais c'est un gémissement qui s'échappe de mes lèvres à la place.

Il me tire encore plus près de lui, si près qu'on ne pourrait même pas glisser une feuille de papier entre nous.

— Bon, où en étions-nous ?

Toutes les parties de mon corps sont stimulées, et je résiste à l'envie de grimper sur lui comme un arbre pendant qu'il me caresse la hanche. Ma louve, en colère contre moi, grogne dans mon oreille, ce qui rend l'expérience intéressante.

— J'ai aussi besoin de choses venant de toi, dis-je quand je retrouve ma voix.

Près de lui, je n'ai aucun contrôle sur mon corps. Peut-être que ce dont j'ai besoin pour ignorer ma louve, c'est d'une énorme distraction comme Ragnar.

— Je sais que tu me veux. Je t'excite en ce moment… Je sens ton excitation, dit-il, prenant mon autre main pour la placer sur la bosse grandissante dans son pantalon. J'ai besoin de te prendre.

— Maintenant ?

Je suis à la fois choquée et étonnée de la facilité avec laquelle je garde la main sur son membre, le pressant légèrement, le faisant siffler de désir.

Il éclate de rire, l'air très sûr de lui. De mon côté, je me noie dans le désir que je ressens pour lui, mais je veux aussi savoir où nous en sommes.

— Et qu'en est-il de tes hommes ?

Je retire ma main de son sexe, bien consciente que tout le monde dans la pièce peut nous voir.

— Je n'ai aucune envie de me les envoyer… rien que toi.

J'essaie de me tourner pour lui faire face, mais il s'accroche fermement à moi.

— Et qu'en est-il de *moi* qui m'envoie en l'air avec tes hommes ?

Retenant mon souffle, j'attends sa réponse.

Il se lèche les lèvres, et je sens le fort frisson dans sa voix quand il parle.

— J'ai des problèmes de confiance, Narah, commence-t-il avant de s'arrêter. Après que ma compagne m'ait rejeté, je n'ai jamais rien ressenti pour une autre femme. Elle m'a quitté pour un autre homme, et cette connerie m'a foutu en l'air pendant longtemps. Alors, quand je t'ai vu avec mes hommes, j'ai vraiment essayé de l'accepter, mais je suis tombé amoureux de toi trop fort et trop vite et je n'ai pas pu supporter de te voir dans leurs bras et pas dans les miens.

J'étudie son visage dur, et ma respiration s'accélère quand j'entends la douleur dans sa voix.

— Je ne suis pas ton âme sœur ni la leur, mais ça ne signifie pas que je ne peux pas être attirée par vous quatre.

Mon cœur s'emballe dans ma poitrine. J'aurais voulu que l'univers me destine à Ragnar, pas à Martell.

— Oui, je sais, mais la jalousie est un poison dangereux une fois qu'elle a atteint ton système sanguin. Après t'avoir marqué de ma morsure, mon loup a estimé que tu étais à nous.

— Alors comment puis-je t'aider ?

Je ravale la boule dans ma gorge, relevant les yeux vers lui au moment où ma louve redresse la tête, libérant son désir pour Martell. Je grince des dents. J'aurais besoin que cet enfoiré soit mort, et sorte de la tête de ma louve.

Ragnar ne dit rien tout de suite, ce qui me laisse dans l'incertitude. Peut-être est-il en train de se résigner à travailler là-dessus avec moi.

Regardant par-dessus mon épaule, il sourit, et je me tourne pour voir Nikos qui entre pour nous rejoindre.

— J'ai une idée de la manière dont tu peux m'aider, me murmure-t-il à l'oreille alors qu'il s'approche de nous.

Soudain, j'ai le sentiment que son plan va nous prendre Nikos et moi par surprise.

CHAPITRE 17

NARAH

— Je veux que Nikos te prenne, déclare Ragnar en fermant la porte de notre cabane.

Je lève les yeux vers lui, convaincue d'avoir mal entendu.

— Attends, je t'ai bien entendu ?

Il avance dans la pièce, les yeux rivés sur moi, et s'approche de Nikos et moi qui nous tenons près du canapé.

— Nous avons parlé de confiance, Narah, et de combien ça a été dur pour moi. Mes hommes sont ma famille, et si je dois te partager avec quelqu'un, c'est avec eux. D'abord, je veux regarder et voir en direct comment je réagis, pour savoir si je peux le faire sans péter les plombs.

Il a l'air frénétique, et je veux savoir comment il va se comporter en regardant Nikos me prendre. Est-ce qu'il va devenir dingue ? Je m'empêche de poser la question.

Je pense n'avoir pas envie de le savoir, et je préfère croire que nous n'en arriverons pas là.

Je regarde Nikos, qui sourit et déboutonne sa chemise. Il la fait glisser sur ses épaules rondes, révélant les muscles d'un torse bronzé qui me fait flancher les genoux. Les tatouages sur ses bras puissants et même ceux sur les côtés rasés de sa tête m'intriguent, et je note intérieurement de lui demander ce qu'ils signifient.

Cet homme est massif, bâti comme une montagne.

Il repousse ses dreadlocks sombres, torsadées sur le dessus de sa tête comme un Mohawk, par-dessus son épaule. Des papillons s'agitent frénétiquement dans mon ventre à l'idée que cet homme stupéfiant et à demi nu attende de faire l'amour avec moi. Son regard descend le long de mon corps et m'emplit d'une confiance que je ne gagne qu'en présence de mes quatre hommes. Mon pouls s'accélère et j'inspire fort à l'idée que nous allons faire ça.

Nikos déboucle sa ceinture, puis me fait un clin d'œil, et aussitôt, mes sous-vêtements sont trempés. En me mordillant la lèvre inférieure, je regarde ce dieu Viking qui ouvre sa fermeture éclair, abaisse son pantalon et le repousse de côté d'un coup de pied. Des cicatrices constellent son corps, dont une particulièrement longue en travers de sa poitrine, ce qui ne fait qu'ajouter à son look rude et extrêmement sexy. Lorsque mon regard tombe sur son sexe imposant, dur et déjà prêt, il en empoigne la base et le caresse plusieurs fois. Un grognement émane de sa poitrine tandis que ses yeux s'assombrissent de désir.

— Allons-y, grogne-t-il.

— Oh, je vois. Tu parles d'un romantisme ! balancé-je d'un ton sarcastique, toujours impressionnée par l'envergure de Nikos, et nous nous sommes à peine touchés.

Non pas que j'aie grand-chose à dire vu comme je suis mouillée.

— Tu veux de la romance ? murmure Nikos en souriant lentement. Je vais te déshabiller avec ma bouche. Tu en penses quoi ?

Mes genoux faiblissent. Il n'est pas homme à perdre du temps, et se concentre sur ce qu'il a l'intention de revendiquer : moi.

Tournant la tête, je vois Ragnar assis confortablement sur un fauteuil près de la porte, les jambes écartées, les bras sur les genoux, qui nous regarde attentivement.

— C'est ça que tu veux ? lui demandé-je.

— Oui. Il va te sauter jusqu'à ce que tu jouisses, dit-il d'une voix rauque qui me fait me demander si cette idée ne l'excite pas.

C'est prometteur, qu'il m'accepte avec ses hommes.

Mes joues sont brûlantes.

— Tu vas juste regarder ?

— Je ne demande qu'une chose.

Les coins de ses lèvres se retroussent vers le haut tandis qu'il se cale davantage dans son siège. Son visage est à moitié plongé dans l'ombre.

— Ta bouche est faite pour prendre *mon* sexe, déclare-t-il, les yeux brillants. Pas de fellations.

— D'accord, mais je peux la dévorer ? répond Nikos avec empressement, s'avançant derrière moi.

La chaleur se dégage de son corps, tout comme son ombre.

— Tout ce que tu voudras, répond-il d'une voix étonnamment calme.

— Je pense que j'ai mon mot à dire, murmuré-je alors que les grandes mains de Nikos tirent sur ma robe.

D'un geste habile, il me l'arrache, ne me laissant que mes sous-vêtements. Un frisson parcourt ma peau. Nikos n'est pas un homme patient. Son doigt à présent doté d'une griffe s'enroule sous l'élastique de ma culotte à ma hanche et l'arrache si facilement qu'elle tombe en lambeaux. Puis il plaque son torse contre mon dos, me dominant de tout son poids. Mes mamelons pointent, ses doigts glissant le long de mes bras.

— Je vais prendre grand soin de toi.

Mes yeux restent rivés sur Ragnar, qui nous observe dans l'ombre. Il n'y a aucune place à l'imagination alors que je me tiens nue devant lui.

Les mains de Nikos se dirigent vers mes seins, qu'il caresse et presse. Il pince mes mamelons, m'arrachant un gémissement. Il fait le tour de moi, m'empêchant de voir Ragnar.

— Tu es éblouissante. Tu sens tellement bon… Comme le péché… Et ça fait bien trop longtemps que je ne t'ai pas étirée avec mon membre.

L'excitation m'envahit lorsque ses mains enveloppent mon visage et qu'il m'embrasse comme un animal. C'est dur et sauvage, il me mord et me lèche, me rappelant qui est sur le point de me prendre. Nikos est peut-être le second de Ragnar, mais c'est un adversaire dominant qui aime revendiquer ses droits. À sa manière de m'embrasser, il s'assure que je ne l'oublie jamais.

Je serai meurtrie demain, et pourtant j'en veux plus. Je m'agrippe à ses épaules alors que son parfum me brûle de désir.

Il s'écarte très vite de moi, et son absence me fait vaciller.

— Un instant, ma beauté.

Il traverse la pièce pour faire je ne sais quoi.

Mon regard se porte sur Ragnar, qui n'a pas bougé de son siège, n'a pas dit un mot, mais j'entends ses inspirations vives et irrégulières. Un frisson de plaisir s'insinue entre mes jambes. Personne ne m'a jamais regardée faire l'amour avant.

— C'est ça que tu veux ? lui demandé-je, me trémoussant sous son attention.

— Pas encore, répond-il d'une voix qui s'assombrit jusqu'à devenir rauque. Je ne t'ai pas entendue crier.

Je souris, sachant que je ne pourrais pas m'en empêcher quand Nikos va commencer. C'est un amant incroyable, et je meurs de désir pour lui. Que va faire Ragnar ? Nous rejoindre, ou devenir dingue ?

On entend un raclement contre le parquet, et je tourne la tête pour constater que Nikos traîne une table depuis l'arrière de la cabane jusqu'à l'endroit où je me trouve.

— Qu'est-ce qui se passe ?

— Ragnar a besoin de tout voir de toi.

Une dernière poussée et la lourde table est derrière moi.

— Maintenant, viens ici, ma belle.

Ses mains avides se posent sur mes hanches, et soudain, je me retrouve assise sur le bord de la table, dont le bois froid mord ma peau. Il m'embrasse encore une fois, et mon sexe palpite, affamé de lui.

Nikos grogne en se baissant, mordant légèrement mon cou, puis léchant longuement les endroits où il a pincé ma peau. Il descend vers mes seins et tombe à genoux pour m'adorer. Attirant un mamelon dans sa bouche, il fait de légers mouvements circulaires avec sa langue avant de le titiller.

Je cambre le dos à son contact, mes joues s'embrasent à cause du brasier qui m'envahit, et je miaule comme un chaton. Il se concentre sur l'autre sein pendant que ses doigts effleurent mon sexe échauffé. Désespérée, j'incline mes hanches pour lui donner un accès plus facile.

Ragnar ne me quitte pas des yeux, et ma peau se couvre de chair de poule de le voir assis là à nous regarder.

Nikos libère mon sein de sa bouche et me guide pour m'allonger. Ses mains s'emparent de mes chevilles qu'elles remontent et ouvrent. Je ressens le faible grondement de son grognement possessif jusque dans mes os, sensation qui me laisse pantoise à l'idée qu'un homme aussi puissant réagisse à mon égard.

Je baisse les yeux sur mon corps pendant que lui

observe mon sexe, tenant mes cuisses écartées pour que Ragnar puisse tout voir.

— Tu es la séduction incarnée, dit-il, glissant un doigt entre les coutures de mes lèvres trempées. Jamais je n'ai vu de sexe aussi magnifique.

Il enfonce un doigt en moi.

Je peux à peine respirer, mon corps entier bourdonne. Sans hésiter, sa bouche se plaque sur moi, me caressant avec de légers coups de langue.

Je me cambre en gémissant.

— C'est ça, juste là. Plus vite, s'il te plaît.

Il pose sur moi ses yeux souriants, prenant plaisir à me faire supplier : il adore ça.

Sa langue caresse mon clitoris, et tous les nerfs entre mes jambes s'agitent. J'entends l'accélération de sa respiration, et quand il remplace ses doigts par sa langue, je sais qu'il savoure chaque seconde.

Ma main retombe et glisse sur le Mohawk de Nikos alors qu'il plaque son visage plus fort contre moi, son front frottant contre mon sexe. Je gémis d'un plaisir qui me fait frissonner tandis que sa langue s'enfonce en moi. Il caresse tous les endroits qui me font frémir sans fin. Tout ce temps, son doigt taquine mon autre orifice, sans relâche, si bien que lorsqu'il y ajoute un doigt, je hurle de plaisir.

Cet homme est une bête. Il me suce et m'effleure avec ses dents, accélère le rythme, je perds tout contrôle et me trémousse, complètement perdue. Il me fait jouir si fort que je suis incapable de réfléchir ou de bouger, me contentant de haleter et sourire. Bon sang, c'était fantastique !

Le son du claquement de ses lèvres et de sa langue qui me lèche est terriblement sexy. Quand Nikos se lève, je jette un œil à Ragnar. Son fauteuil est renversé sur le côté, et il fait les cent pas derrière Nikos, un animal sauvage qui essaie de se retenir.

Je croise le regard de Nikos, dont la bouche et le nez scintillent de mon nectar. Il s'écarte alors que je m'allonge sur la table, bien étalée pour Ragnar.

— Ragnar, l'appelé-je, mais il secoue la tête, sans même me regarder, et mon estomac se noue.

— Prends-la, bon sang ! rugit-il.

Je n'arrive pas à décider si nous sommes en train de le torturer au point qu'il ne revienne jamais vers nous ou s'il est simplement en train de lutter contre ses démons.

— Dis-moi ce que tu veux que je fasse, Narah, me dit Nikos, empoignant son membre dont l'extrémité scintille de sa moiteur. Je meurs d'envie de te prendre, mais il faut d'abord que je l'entende de ta bouche.

Mon attention passe de Nikos à Ragnar alors qu'ils se tournent vers moi.

— Je vous veux tous les deux, réponds-je sincèrement, en tendant ma main vers mon Alpha tourmenté.

Ça me tue de voir la jalousie déformer ses traits.

— Elle est tout à nous, lui dit Nikos, les yeux pétillants de l'excitation et de l'impatience qui palpitent en lui.

— Tu nous veux tous les deux ? demande Ragnar d'une voix chevrotante, arquant un sourcil épais.

Les coins de sa bouche semblent sur le point de se recourber en un sourire.

— Oui, maintenant. Viens par ici, lui ordonné-je. S'il te plaît.

Il hésite, et je me crispe, prête à aller vers lui. À ma grande surprise, il redresse les épaules et s'avance, même si j'ai du mal à déchiffrer son expression.

— Viens avec moi, dit-il doucement.

Plaçant ses mains sous mon corps, il me soulève de la table et me dépose doucement sur le lit, puis se déshabille.

Me redressant sur mes coudes, je le regarde retirer son haut et le passer par-dessus sa tête. Son corps est sculpté dans la pierre, avec des angles et des creux de muscles partout où je pose le regard. Quand il retire ses bottes et son pantalon, il est en érection et bombé. Il a beau lutter avec ses pensées, il me désire.

— Viens à moi, lui dis-je.

Nikos reste près du lit, la main sur son sexe, posant sur moi un regard affamé. Je veux donner à Ragnar l'occasion de prendre la direction des choses jusqu'à ce qu'il soit à l'aise.

Se plaçant contre le lit, il s'allonge sur moi, écarte mes jambes avec son genou et se place entre elles. Le bout de son sexe effleure mon entrée, et je sens son impatience.

— Je te veux… Je meurs d'envie de toi, ronronné-je.

— Je te donnerai tout ce dont tu as besoin, Narah.

Ses lèvres se retroussent en un rictus, puis il me pénètre sans cérémonie. Je me cambre contre lui, mes muscles se tendent, mon corps tremble. Un autre coup de reins, il pousse plus fort, et m'étire plus largement.

— Bon sang, tu es si étroite.

Ragnar grogne alors qu'il me pénètre plus profondément. La douleur s'intensifie, et mon corps s'agite sous le sien. Il garde les yeux rivés sur moi tout en me prenant sauvagement, et c'est plus agréable que je ne l'aurais cru. Il est perdu dans la frénésie de me dominer et de me faire sienne.

Haletant à chaque coup de reins, je tourne la tête vers Nikos et tends la main vers lui.

— Rejoins-nous.

Il hésite, et son visage s'assombrit lorsque Ragnar nous fait rouler sur le côté, me faisant tourner le dos à Nikos.

Je suis surprise par la rapidité du mouvement, et mon cœur cogne dans ma gorge.

— Grimpe sur ce foutu lit, grogne Ragnar à son second, avant de me faire un clin d'œil qui me laisse pantoise.

— Est-ce que ça veut dire… murmuré-je.

Il acquiesce.

— Je vais faire en sorte que ça marche. Je ne peux pas ignorer à quel point Nikos t'adore, et je ne lui enlèverai pas ça.

Les ressorts du lit gémissent alors quand ce dernier nous rejoint, s'allongeant dans mon dos. Il glisse ses doigts dans mes cheveux et me fait tourner la tête pour que je le regarde par-dessus mon épaule. Il me vole un baiser alors que son sexe épais s'installe entre mes fesses.

— Merde, il était temps ! gronde-t-il.

Nous changeons de positions tous les trois, jusqu'à trouver la bonne, confortable pour chacun de nous. Ragnar est enfoui en moi, attendant Nikos.

— Je suis plutôt ravie d'être prise en sandwich entre vous deux.

Mon corps est en feu, et quand quelque chose d'épais s'enfonce entre mes fesses, je me raidis.

Nikos s'enfonce lentement en moi, mais ça dure à peine. Ragnar me tient, une main sur ma hanche, l'autre calée sous ma tête. Nos jambes sont enchevêtrées, et pourtant, nos corps se combinent parfaitement.

En cage entre deux alphas.

Deux queues bien enfoncées en moi.

Je gémis, je veux qu'ils me prennent.

Après quelques essais, nos mouvements adoptent un rythme, puis ils plongent et sortent de moi. Je frissonne quand ces hommes me revendiquent comme la leur. Leurs mains sont partout sur mon corps, leurs bouches sur moi, qui me lèchent, qui m'embrassent.

Mes jambes sont faibles, et je doute d'être capable de tenir debout. Nikos suce mon cou torturé tandis que Ragnar m'embrasse, glissant sa langue dans ma bouche. Ils me donnent le vertige et me font planer alors que mon cœur s'emballe.

— Vous êtes des enfoirés ! s'exclame soudain la voix de Crius depuis l'autre bout de la pièce. À partir de maintenant, je veux être invité quand vous vous envoyez en l'air en groupe.

Nous interrompons nos ébats fougueux et regardons Stone et Crius, qui nous observent avec des yeux exorbités.

— Alors le partage est de nouveau à l'ordre du jour ? s'enquiert Stone, retirant déjà ses bottes tout en empoignant sa chemise.

— On peut dire ça, dit Ragnar avec un sourire dans la voix.

La tension a disparu. Il me donne tout ce que je veux.

— Eh bien vous m'êtes redevables, balance Crius en enlevant ses vêtements.

— Hé, attendez, dis-je, légèrement alarmée. Une fille n'a qu'un nombre limité de…

— Trous, termine Stone avec un sourire en coin. Ça ne me dérange pas d'attendre mon tour, ma chérie.

Rien ne les arrêtera, et maintenant j'ai quatre types nus qui grimpent sur le lit déjà encombré.

— On va casser le lit, dis-je en respirant fort alors que Crius jette les oreillers sur le côté et rampe jusqu'à mon visage, me bombardant de baisers.

Stone est à nos pieds, ses mains serpentent le long de mes jambes.

— Il y a beaucoup de queues dans ce lit, murmure Ragnar, l'air légèrement agacé et fermant brièvement les yeux.

J'éclate de rire.

— Ne serait-ce pas moi qui devrais m'inquiéter de ça ?

Nikos ronronne dans mon cou tandis que son membre entre et sort de mes fesses, sans pouvoir s'en empêcher.

Nous sommes un enchevêtrement de désir, de luxure et d'excitation.

— Puisque nous sommes tous ici, dit Ragnar, dont la mâchoire se crispe, je veux enlever la marque de Martell sur Narah. Ma morsure seule n'a pas marché, mais si l'on s'y met à quatre, ça devrait pouvoir marcher.

Les yeux de Ragnar se posent sur moi. Ma respiration devient irrégulière.

— Qu'est-ce que tu en dis ?

Il glisse hors de moi, et il me manque immédiatement.

Tomber dans leurs bras m'avait permis d'ignorer facilement les gémissements de ma louve, mais y penser la réveille. Je déteste qu'elle se languisse, et j'en ai assez de ressentir autre chose que de la haine pour cette ordure.

— Oui, soufflé-je en me cambrant, essayant de ne pas me sentir étouffée.

Nikos se retire de moi.

— Faisons ça alors.

Je roule sur le dos, entourée de ces magnifiques Alphas, et je souris.

— Choisissez l'endroit où vous allez me mordre.

Il ne leur en faut pas plus. Les hommes trouvent

leurs positions parfaites, et je sens l'impatience monter en moi.

Nikos enfouit son nez dans mon cou.

Ragnar lèche l'endroit tendre juste au-dessus de mon os pelvien.

Crius glisse vers le bas, sa langue trace un chemin jusqu'à ma poitrine tandis qu'il se déplace à mes côtés.

Mon magnifique Stone s'agenouille entre mes jambes, ressemblant à l'homme le plus chanceux du monde, sa bouche sur l'intérieur de ma cuisse.

Je déglutis fort, et mon cœur s'emballe.

Je suis piégée par quatre loups métamorphes Alphas, me soumettant à eux.

Dans quoi me suis-je embarquée ?

Ils m'embrassent, puis je sens le tranchant des dents sur ma chair. Ils me mordent sans pitié, et je crie. Je ne m'attendais pas à ce que ce soit si douloureux.

Leurs canines s'enfoncent dans ma peau, et ma louve grogne en réponse à leur assaut.

Avec la douleur intense s'éveille une excitation à laquelle je ne m'attendais pas, et juste après, une morsure électrique me pince la peau. Je m'agite et tressaute sous les gars.

— Arrêtez, hurlé-je.

Quelque chose ne va pas. Oh, Déesse, il faut que je mette un terme à ça maintenant.

Des étincelles de lumière bleue jaillissent de mon corps et frappent mes hommes.

Le silence s'abat entre nous.

L'harmonie antérieure laisse place aux cris et à la

panique. Les hommes se précipitent hors du lit à toute allure, tous, sauf Crius.

— Je savais que ta magie serait incroyable. J'ai besoin de plus pendant que je te prends.

Pour être sincère, j'adore sa dévotion envers moi, mais les trois autres m'inquiètent.

Ils ont les yeux exorbités, sauvages, frappés de terreur, et ils me fixent, partagés entre l'incrédulité, la confusion, et la frayeur.

Ma vision se brouille, et je lutte contre la peur de leur faire du mal. Jusqu'à présent, aucun d'entre eux n'est tombé raide mort, et ils n'ont aucune blessure, même si je n'aime pas l'effroi que je vois dans leurs regards posés sur moi.

— Qu'est-ce qui vient de se passer? demande Ragnar.

Je prends une profonde inspiration, en essayant de me faire à l'idée.

— La mauvaise nouvelle, c'est que ma louve se languit toujours de Martell, leur annoncé-je en me redressant, essayant de paraître aussi calme que possible tout en étant nue, excitée, mais aussi effrayée.

La bonne nouvelle, c'est que vous avez ramené ma magie.

CHAPITRE 18

NARAH

À la table du dîner dans le mess, Jae glousse et chuchote à l'oreille de Kaira, qui sourit. Elle est encore en train de guérir, et mon cœur se gonfle de tout l'amour que je leur porte.

Je n'ai pas eu le courage d'aborder le sujet de mes parents avec mes sœurs. J'ai choisi la voie de la lâcheté. J'ai dit que nous avions fait erreur, et que nous n'avions jamais retrouvé notre mère dans les bois. J'ai convaincu Jae que les informations que Kaira avait reçues des sorcières sur notre mère étaient erronées. Je me sens mal, mais je serais dévastée de chagrin en ce moment si je devais leur dire la vérité. Je ferais tout pour protéger mes sœurs, même porter le fardeau de la vérité.

Mes hommes nous apportent des plateaux de nourriture de la cuisine. Je reste bouche bée devant eux. Ils sont tout en muscles, en robustesse, et leurs parfums paradisiaques, masculins et sexy emplissent mes narines. Comment ai-je eu cette chance ? Combien de fois peut-on avoir l'occasion de voir ses fantasmes prendre vie ? Pour une fois, tout a joué en ma faveur. J'ai retrouvé mes sœurs, mes hommes, et ma magie.

Je garde mon attention sur les hommes tandis que je mordille ma lèvre inférieure, me remémorant l'autre nuit dans notre cabane. Je n'avais jamais été aussi excitée de toute ma vie, que lorsque ces quatre Alphas essayaient de me prendre.

— Attention, Narah, me lance Jae d'un ton sarcastique pour attirer mon attention. Tu baves sur ton menton.

Je hausse un sourcil vers elle, puis lui tire la langue.

— Tu devrais te concentrer sur le service du jus d'orange, sœurette.

Encore une chose que je n'ai pas expliquée à mes sœurs : ma relation embrouillée avec les quatre Alphas. J'ai mal au ventre rien qu'à l'idée de devoir dire à haute voix que j'ai quatre petits amis.

Qu'il n'y ait pas de méprise : je ne suis pas gênée. Bon sang, j'aurais plutôt envie de crier depuis le toit de la plus haute hutte que quatre hommes me veulent, mais ce sont mes sœurs, et je ne veux pas qu'elles soient perdues.

— Le repas est prêt, annonce Stone en posant au milieu de la table un plateau en bois débordant de morceaux de rôti et de pommes de terre croustillantes trempées dans le beurre.

L'arôme me fait saliver, et je me penche pour voler un petit morceau de pomme de terre que je mets dans ma bouche. C'est chaud. Bon sang, que c'est chaud ! J'essaie de ventiler ma bouche à grands gestes frénétiques, et j'essaie de manger avant de me brûler la langue.

Nikos éclate de rire et dépose un panier rempli de pain et un bol de beurre baratté. D'autres plats de nourriture et des boissons sont déposés autour de nous.

Jae se lève et passe les plats, et je surprends Kaira qui regarde dans le vide, l'air perdu. Si elle était redevenue elle-même, elle volerait la nourriture et serait un véritable moulin à paroles comme Jae, mais elle reste assise tranquillement, et son visage reste pâle. Que pense-t-elle ? Elle observe tout avec une curiosité d'enfant.

Du temps. Il lui faut plus de temps pour guérir après l'épreuve que la grande prêtresse lui a infligée.

— Tu vas te servir ? me demande Ragnar en me donnant un coup de coude dans les côtes alors qu'il grimpe sur le banc à côté de moi.

Crius s'installe de l'autre côté de moi, ces deux hommes impressionnants se pressant contre moi, tandis que Stone et Nikos encadrent mes sœurs.

— Je n'arrive toujours pas à croire que nous sommes tous ici comme ça, dis-je en souriant. C'est un rêve devenu réalité.

— Ça mérite une acclamation, lance Nikos, et tout le monde attrape son verre pendant que je saisis le mien, rempli de bière.

— Skål, lance-t-il en levant son verre, la bière valsant par-dessus le bord pour arroser ses doigts.

J'arbore un sourire immense et lève le mien en même temps que tout le monde.

— Skål! m'écrié-je à l'unisson avant que nous trinquions tous et buvions de grandes gorgées.

— On peut manger maintenant? demande Jae, qui remplit déjà son assiette de nourriture. Je suis affamée, et avec autant de loups à table, je ne crois pas que nous ayons assez de nourriture.

Je ris en voyant l'œil noir qu'elle jette à chacun des gars pour rire.

— Il y en a d'autre, ne t'inquiète pas, lui murmure Stone. Tu ne mourras pas de faim, ma petite.

Avec tout le monde, je me penche et remplis mon assiette. Même Kaira se joint à nous, ce qui est un soulagement. Au début, personne ne dit mot pendant que nous entamons notre repas. À en juger par les bruits des lèvres qui claquent, de la viande qui se déchire, et le cliquetis des couteaux sur les assiettes en métal, nous sommes tous affamés.

— Alors, je suis curieuse, commence Jae d'une voix malicieuse, et je sais qu'elle mijote quelque chose. Combien de temps allons-nous continuer à avoir quatre Alphas en tant que nos gardes? Ça a dû te coûter une fortune de les engager, sœurette.

C'est Crius qui rit le plus fort en laissant tomber un os nettoyé dans son assiette avant de planter son couteau dans un autre morceau de viande du plateau.

— Tu fais toujours la maligne, comme dans mes souvenirs, lui dit-il. Si tu veux tout savoir, ta sœur a eu du mal à nous payer à notre juste valeur, alors on prend les paiements sous d'autres formes.

Je reste bouche bée. Il ne va quand même pas dire ce que je pense qu'il va dire ?

— Crius, sifflé-je.

Il agite la main qui tient le morceau de viande devant moi pour me faire taire.

— Ah oui ? C'est-à-dire ? insiste Jae avec curiosité et arrogance.

Cette fille n'a pas changé le moins du monde, et je l'adore pour ça.

— Tu nettoieras nos vêtements et notre chambre pour les mois à venir, dit-il enfin, et j'éclate de rire.

Il m'a fait marcher pendant un moment, mais j'aurais dû m'en douter. Mes sœurs connaissent toutes les excuses possibles et imaginables pour échapper aux corvées ou au ménage.

— Vraiment ? ricane Jae.

Elle mord dans un épi de maïs grillé, lui jetant un regard noir.

Kaira mange et sourit à la conversation mais ne dit pas un mot. Un petit malaise s'installe dans ma poitrine. Peut-être que demain je demanderai à la guérisseuse de l'examiner à nouveau.

— Eh bien, tu sais ce que moi je pense ? intervient à nouveau Jae pendant que je gémis doucement tant la viande est tendre et se défait sur ma langue.

À côté de moi, Ragnar me sourit doucement en remplissant mon assiette. Stone et Nikos enfournent la nourriture comme des animaux. J'ai l'impression que tout le monde a faim aujourd'hui.

— Continue, l'encourage Crius avant de mordre dans son steak.

— Vous aimez ma sœur, suggère Jae en rougissant.

J'adore voir à quel point elle est innocente en dépit du fait qu'elle essaie de jouer les dures.

— Narah est *ma* compagne, l'interrompt Ragnar, et je le regarde fixement, le cœur battant à tout rompre en l'entendant prononcer ces mots que j'aurais voulu entendre de mon âme sœur depuis si longtemps.

Même le fait que ma louve se languisse de Martell ne me déstabilise pas, car mon cœur fond pour Ragnar.

— Et la mienne, ajoute Crius.

— La mienne aussi, intervient Nikos.

— J'en suis aussi, confirme Stone.

Les yeux de mes sœurs sont exorbités.

— Eh bien, je suppose que maintenant tout est clair pour tout le monde, dis-je pour rompre le silence. J'avais l'intention de vous en parler à toutes les deux demain, mais… C'est dit, maintenant.

— Tu as quatre petits amis ? insiste Jae, qui darde sur moi son regard de faucon. Mais tu as déjà un compagnon… Martell.

Puis elle fronce les sourcils.

— Comment faites-vous pour dormir tous dans le même lit ? Et qu'en est-il de Kaira et moi ? Si vous êtes maintenant officiellement ses nouveaux compagnons, vous nous protégerez aussi ?

Elle ne cesse de poser des questions.

Avant que je puisse dire un mot, les hommes répondent tous simultanément avec leur propre vision du fonctionnement de notre relation, expliquant que le partage est monnaie courante chez les loups, et que les âmes sœurs ne sont pas la seule chance d'amour. Plus je les écoute, plus je souris en me rendant compte à quel point ils ont réfléchi à la question.

Mes sœurs ne paniquent pas mais réfléchissent à leurs idées. Je suis entourée de ma famille qui parle de ma vie amoureuse terriblement tordue. C'est beaucoup plus divertissant que je ne l'aurais jamais imaginé.

Alors qu'ils discutent et rient tous, je croise le regard de Kaira.

Elle garde le silence, assise, les mains posées sur les genoux, posant sur moi un regard si intense que mes poils se dressent sur mes bras.

— Tu vas bien, ma chérie ? lui demandé-je.

Je vois sa gorge remuer alors qu'elle déglutit, et il lui faut plusieurs secondes pour me répondre.

— Oui. Je vais bien.

Puis elle se remet à manger et se joint à la conversation.

Quelque chose d'inconfortable s'agite en moi… Il y a quelque chose qui ne va pas.

Je baisse les yeux et me dis que c'est juste le fruit de mon imagination paranoïaque. Ce soir, il s'agit de laisser le passé derrière nous.

C'est exactement comme ça que je veux passer le reste de la soirée avec ma nouvelle famille.

RAGNAR

*L*e froid de ce nouveau jour me brûle le visage et déchire mes vêtements.

Je ralentis mon cheval après une course effrénée à travers le champ. Par-dessus mon épaule, je ne vois plus aucun signe des morts-vivants que nous avions repérés au loin. Ils sont de plus en plus courants dans le secteur Sauvage, et bon sang, c'est alarmant.

J'ai la chair de poule en pensant à l'enceinte hermétiquement fermée du secteur des Ombres pour empêcher les zombies d'entrer. Combien de temps leur faudra-t-il avant d'envahir tout ici, et que nous devions nous enfermer derrière des murs ?

— Colt est le chef de la meute que nous allons voir en premier, et c'est une saleté de fouine, grogne Mihai, me tirant de mes pensées.

L'Alpha des loups Aconit chevauche à mes côtés à travers les bois de pins clairsemés tandis que ses hommes restent en retrait pour s'assurer qu'il n'y a pas d'attaque-surprise. Nikos est en tête, et Crius reste à l'arrière.

— C'est bon à savoir, réponds-je. Quelle est la faiblesse de Colt ? Nous allons rendre visite aux meutes voisines pour gagner leur loyauté.

— Les femmes, surtout. Il dirige la plus grande meute de loups après la mienne, et il est désespéré. Il n'a que cinq femmes pour une meute qui se rapproche de la centaine d'hommes.

Il jette un coup d'œil autour de nous en entendant

craquer des brindilles. Un cerf bondit dans les bois, s'éloignant de nous.

— Malheureusement, c'est une fouine, comme je le disais, et il n'est pas digne de confiance.

— Alors nous lui offrons une partie de tes quarante femmes, mais nous ne les lui livrons pas tant qu'il n'a pas accompli la mission.

Mihai me jette un regard perçant, capable de m'écorcher vif.

— Les quarante femmes que tu m'amènes ne concernent que ma meute, et elle seule, grogne-t-il.

— Alors quel est le plan ? On les lui promet mais sans les livrer ?

Je ricane. Je suis peut-être aussi insensible que n'importe quel Alpha, mais dans ce monde, les gens observent tout et personne n'oublie jamais rien, alors j'essaie toujours de tenir parole.

— Tout le monde ne va pas survivre à *notre* prise de contrôle du secteur Sauvage, lance Mihai avec un haussement d'épaules, arborant un air dédaigneux. J'aurais cru que toi, parmi tous les Alphas, tu le saurais, vu d'où tu viens.

Je contracte la mâchoire, car je ne sais que trop bien que tout le monde voit les gens du nord comme moi comme des barbares. Mais nous ne sommes pas différents des monstres de ce pays, qui tuent à la moindre occasion.

Je ricane doucement.

— Les hommes de ma ville natale sont peut-être des salauds, mais nous tenons parole.

— Très bien, aboie Mihai. Alors j'espère que tu tiendras celle que tu m'as donnée, et que tu m'amèneras les quarante garces que tu m'as promises avant la fin du mois. Si tu peux en avoir plus, fais-le, et je pourrais peut-être te pardonner pour ce que tu as fait à ma fille.

Je lis la fureur derrière son regard.

Je bouillonne intérieurement, prêt à lui arracher les yeux. Mihai me provoque avec ses paroles grossières, et j'ai envie de lui arracher sa foutue tête. Je jette un coup d'œil aux hommes de Mihai, qui nous encadrent depuis le fond des bois et nous observent.

Un ordre de ma part, et mes hommes et moi les détruirions. Je prendrais plaisir à arracher la langue de Mihai pour avoir osé me menacer. Nous sommes loin de la meute et nous pourrions facilement mettre leur mort sur le dos des morts-vivants. Je n'ai rien à perdre s'ils meurent… sauf que j'ai besoin de cet enfoiré, qui a de l'influence sur certaines des meutes locales.

Depuis que le maudit virus a détruit le monde, les secteurs ont jailli de partout avec des alphas dominants qui veulent deux choses : le territoire et les femmes, et ne font confiance qu'à ceux de leur secteur.

Pas à des étrangers comme moi.

Je ravale les mots rageurs qui se ruent dans ma gorge et reporte mon attention sur Mihai.

— Je t'ai donné ma parole, n'est-ce pas ? rétorqué-je d'une voix sombre.

Je suis déjà d'une humeur massacrante. Mieux vaut que nous ne parlions pas, faute de quoi l'un d'entre nous ne rentrera pas à la meute.

— Tu n'es qu'un sale enfoiré manipulateur, râle-t-il. Je comprends. Une chatte est une chatte, et s'il n'y avait pas nos maudits besoins primitifs, les femmes ne seraient rien de plus que des esclaves, qu'on ne verrait jamais, mais on parle de ma fille.

— Comme je l'ai dit, il n'y a pas de problème.

Je refoule la colère qui bout en moi.

— Tu te l'es déjà tapée ? grogne-t-il brusquement, me prenant au dépourvu.

Je redresse les épaules, et cette fois, je réponds à ce maudit enfoiré.

— Ce ne sont pas tes affaires.

— Je sais bien que tu n'en as rien fait. Elle me l'a dit alors qu'elle pleurait parce que tu couches avec la petite louve maigrichonne que tu as amenée dans ma meute. Offre Narah à l'un de tes hommes. Ils ont l'air d'être en manque de sexe. Ton attention ne doit se porter que sur Lyssa. Ne l'oublie pas.

Une haine froide et mortelle s'empare de moi, et mes jointures blanchissent en serrant les rênes. Je meurs d'envie de lui balancer mon poing dans la figure et lui arracher la colonne pour avoir parlé de Narah de cette manière.

Tu as besoin de lui pour prendre le contrôle du secteur Sauvage.

Merde ! Merde !

Je serre les dents.

Son regard de fouine est rivé sur moi, il s'attend à ce que je réagisse. Sale ordure.

— Narah n'est pas un problème, sifflé-je entre mes

dents serrées, et les mots me déchirent comme du barbelé. Ce que je fais avant la conclusion de mon marché avec ta fille ne te regarde absolument pas, et elle non plus.

Je soutiens le regard de ce bâtard.

— Fais ce que tu veux, réplique-t-il alors que sa bouche se tord en un sourire menaçant. Saute cette fille jusqu'à ce qu'elle sorte de ton organisme, mais c'est avec ma fille que tu vas t'accoupler. Romps notre arrangement, et je vous tuerai, toi et tes hommes. Mieux encore, débarrasse-toi de la fille, ou je le ferai pour toi.

Mes muscles se contractent, et un grognement déchire ma poitrine.

— Ne me menace pas, Mihai, sinon ça ne pourra se terminer que d'une seule manière, rétorqué-je d'une voix stable, en dépit de mon loup qui rugit en moi. Toi, réduit en cendres. Nous avons passé un accord, alors je le mènerai à bien, mais toi aussi tu vas respecter ta part de ce foutu marché : te débrouiller pour que les grandes meutes nous soient loyales, afin que je prenne la place d'Alpha du secteur Sauvage. Sans quoi, je réduirai toute ta meute à néant.

Sa lèvre supérieure se rétracte sur ses canines pointues.

C'était notre accord de départ, mais je savais que cet enfoiré avait l'œil sur quelque chose de plus gros. Dès le début, j'avais compris qu'il serait un problème, mais je n'avais pas prévu de le tuer avant de prendre le pouvoir.

CHAPITRE 19

NARAH

Le cri d'un loup au loin me tire du sommeil.

— Ragnar?

Je balaie la cabane du regard, mais je ne trouve aucun signe de mes hommes. Hier soir, ils n'étaient pas encore revenus de leur mission de conquête de la meute locale, et ils me manquent terriblement.

La lumière orangée du soleil traverse la fenêtre, et je me frotte les yeux. Je sors les jambes de sous la couverture. Je suis convaincue qu'ils vont revenir aujourd'hui. Ma gorge est sèche comme du sable, et je tuerais pour un café chaud du mess.

J'ai le tournis, je sens déjà que cette journée a quelque chose d'étrange. Le café va aider. Cela devrait aider.

Debout pieds nus, les planches sont froides sous ma peau. Les doux ronflements de Jae emplissent la chambre pendant que je tourne mon attention vers le lit vide de Kaira à l'autre bout de la pièce. Inquiète, je cille pour chasser le sommeil de mes yeux. Je traverse rapidement la pièce et retire la couverture, trouvant un oreiller dessous. Pas de Kaira.

Il n'y a pas d'autres pièces dans cette cabane, alors je ne peux que supposer qu'elle est sortie pour aller aux toilettes. Comme je n'aime pas l'idée qu'elle sorte seule dans une meute remplie d'hommes Alphas et Betas, je retire rapidement ma chemise de nuit légère pour m'habiller. Après avoir enfilé un pantalon large et une chemise à manches longues, je mets les pieds dans mes bottes.

Étouffant un bâillement, je referme la porte derrière moi. Le froid matinal m'entoure de ses griffes glacées. L'hiver se rapproche. D'ici combien de temps la neige arrivera-t-elle, amenant le gel ? Il faut que je discute avec Ragnar de l'endroit où nous resterons à l'approche de l'hiver.

Il fut un temps où je rêvais d'emmener Kaira et Jae aussi loin que possible des Loups de la Tempête, et de trouver un endroit parfait où nous aurions vécu seules, un havre de paix. J'étais peut-être trop naïve, ou juste idiote : il n'existe pas de tel endroit dans notre monde.

La survie exige des Alphas forts. Alors que Ragnar se taille un territoire en Roumanie, je dois veiller à ce que mes sœurs restent hors du danger de cette guerre sur le point d'éclater.

Aucun loup ne plie le genou devant un Alpha sans résistance.

Surtout un étranger comme Ragnar.

Le chaos régnera donc dans toutes les meutes avant que les choses ne s'améliorent. Sans parler du rôle que les Loups de la Tempête joueront dans tout ça.

Cette simple pensée réveille ma louve, qui pousse un faible gémissement de désir. Cette douleur qu'elle ressent envers Martell se fraie un chemin en moi. C'est une sensation étrange que de haïr et de désirer quelqu'un malgré soi.

Enroulant mes bras autour de ma taille, je suis le chemin tortueux et usé qui mène à la salle de bains. Il n'y a que quelques Alphas qui se promènent, dont la plupart sont des gardes. L'odeur du porridge qui cuit dans la cuisine flotte dans l'air, et mon estomac gronde.

Je passe devant une douzaine de maisons, sur le point de me diriger vers la salle de bains lorsque le ciel spectaculaire m'attire. Des nuages rougeoyants brillent à l'horizon comme si quelqu'un les avait peints avec du sang. C'est d'une beauté obsédante. Je me retourne, mais quelque chose d'autre attire mon attention… Une chemise de nuit blanche qui flotte.

Clignant des yeux, je marque un temps d'arrêt et me rends compte qu'il s'agit de Kaira, debout dans les bois, près de la rivière, me tournant le dos. Elle s'accroupit près de l'eau, semblant se laver les mains. Sa colonne vertébrale tend le fin tissu de sa robe, son dos est courbé vers l'avant et elle semble si frêle que j'en ai mal au ventre. Mais en même temps, un froid s'installe quelque part dans le creux de mes tripes et subsiste en moi : une sensation inquiétante, qui me ronge, et qui me dit que quelque chose ne tourne pas rond.

Est-ce qu'elle fait une crise de somnambulisme, et qu'elle a oublié où se trouvent les toilettes ? Elle n'a pas marché dans son sommeil depuis qu'elle est enfant.

Je secoue la tête, et le rythme de mon cœur s'emballe. En hâte, je traverse le terrain ouvert, laissant derrière moi les cabanes, me rappelant la dernière fois que je suis venue ici il y a plusieurs nuits avec Crius.

À ce moment-là, j'avais des papillons dans le ventre, qui agitaient leurs ailes sous le coup des émotions qu'il suscitait en moi.

Aujourd'hui, je suis terrifiée à l'idée que quelque chose ne va pas avec Kaira. Après tout, elle mérite la paix. *Faites que ce ne soit rien.* Je déglutis fort, mes doigts dansant sur mon ventre tandis que j'accélère le pas.

— Kaira ! l'appelé-je, car j'ai besoin de savoir qu'elle va bien.

Silence. Elle ne répond pas. Quand elle se relève enfin, je tends la main vers son épaule.

Elle est froide au toucher.

Ma sœur se tourne lentement vers moi, un sourire dans le regard, et se léchant les lèvres.

Je ne suis pas sûre de ce que je vois : l'expression déformée de son visage, les éclaboussures de sang sur le devant de sa chemise de nuit blanche.

Ou le monstre que je perçois derrière son regard.

La peur m'envahit. J'ai vu ce regard sur son visage… mais ce n'est pas possible.

S'il vous plaît, s'il vous plaît, faites que ce soit une erreur. Faites en sorte qu'elle ne soit pas encore sous le sort de la grande prêtresse.

— Kaira… commencé-je d'une voix qui se brise alors que ma gorge se contracte, et je lutte pour calmer le tremblement de mes bras. Qu'as-tu fait ?

Une partie de moi n'a pas envie de connaître la réponse. Je ne suis pas certaine de pouvoir l'encaisser après tout ce que nous avons traversé, après avoir perdu notre mère et notre père deux fois. Je déteste cette impression qui grandit en moi, je déteste la manière dont mon cœur s'emballe, je déteste le fait qu'elle me fasse me sentir vulnérable et penser au pire.

Tout au fond de moi, je connais la vérité, et elle me déchire.

Kaira n'a jamais été elle-même, n'est-ce pas ?

Putain, je savais que quelque chose n'allait pas avec elle ! Je le savais !

Je me raidis, la danse de ma magie sauvage enserre mes bras, et mon esprit s'emballe. Les souvenirs de ce que Mère m'a enseigné sur le fait d'être une ensorceleuse ne veulent rien dire quand la colère et le malaise martèlent mes entrailles.

Les yeux de Kaira semblent être plus sombres.

— Ne t'inquiète pas, ma sœur, ce n'est pas mon sang.

Sa voix est différente, comme elle l'était avant : elle est toujours possédée.

— Tu n'es pas ma sœur, sifflé-je. Comment peux-tu être encore sous l'effet de ce sort ? Lyra est morte, marmonné-je, serrant les poings sur les côtés.

L'étincelle de magie danse sur mes articulations et tel un fil barbelé tranchant dans ma chair.

Je serre les dents, furieuse.

— Qui a dit que j'étais ensorcelée ? répond-elle avec un rictus. D'ailleurs, je pense que nous pouvons faire une trêve, n'est-ce pas ? Et pour te prouver que j'en pense chaque mot, je t'ai fait une faveur, et j'ai supprimé l'un de tes obstacles.

Son regard perçant se détourne de moi, montrant clairement qu'elle veut que je tourne les yeux dans la même direction.

Je suis sa ligne de mire jusqu'aux bois parallèles à la rivière.

C'est là que je vois Lyssa.

Un sanglot m'échappe tandis que la bile remue dans mon estomac vide.

Lyssa est clouée à un tronc d'arbre. Sa tête sans vie pend vers l'avant. Ses bras sont rivés à l'arbre au-dessus de sa tête, et le devant de son corps est ouvert, du cou à l'aine.

Le sang a éclaboussé les arbres voisins.

Je me plie soudain en deux, vomissant de la bile, envahie par la terreur. Vomir quand on a l'estomac vide, c'est douloureux, comme si quelqu'un me vidait de l'intérieur, mais ce n'est rien en comparaison de ce que Kaira… Non, de ce que la grande prêtresse a fait.

Des bribes de souvenirs me reviennent : Papa de retour à la maison, et dans quel état nous l'avions retrouvé après que les Loups de la Tempête avaient terminé de le tabasser. Des os cassés et tellement de sang qu'il était méconnaissable. S'il n'y avait eu ce tatouage sur sa poitrine, j'aurais pu facilement le prendre pour quelqu'un d'autre.

La terreur m'envahit et je lutte contre la panique qui me submerge en vagues ondulantes.

J'essuie ma bouche souillée et me redresse face à Kaira.

Elle rit, rejetant la tête en arrière.

Je bous tellement de rage que je ne vois plus clair.

Mes mains se déploient, des lignes blanches de magie jaillissent du bout de mes doigts. Du genre que je n'ai pas ressenti depuis des semaines, et qui me donne l'impression d'être de nouveau entière. Je me fous de savoir d'où je tire ma magie, du moment que je l'achève maintenant.

Kaira se déplace à une vitesse telle qu'une seconde, elle est devant moi, et la suivante, elle est derrière moi, une main griffue enroulée autour de ma gorge, l'autre enfonçant ses ongles dans ma poitrine, juste au-dessus de mon cœur. Une pointe de magie m'enveloppe et m'engloutit, se resserrant autour de moi, me maintenant en place. Le reste du monde semble flou, comme si nous étions enfermées dans son cocon.

Je hurle sous l'effet d'une douleur atroce, ma magie disparaissant en un instant, n'ayant plus rien à voir avec moi.

— La seule raison pour laquelle tu n'es pas morte, c'est à cause de Kaira. Cette garce a une forte emprise et résiste contre moi. Grâce à elle, tu respires encore.

Je suis brisée, absolument dévastée. Alors elle a possédé ma sœur pendant tout ce temps ? La bile remonte dans mes tripes à l'idée que je l'ai laissée passer tout ce temps avec Jae.

— Qu'est-ce que tu veux ?

Mes mots sont à peine audibles à cause de sa prise sur ma gorge.

— Bien que ta sœur ne me laisse pas vous détruire, Jae ou toi, je sais que ces loups qui sont tes ennemis sont en route pour cette meute, et qu'ils vont vous réduire en miettes, glousse-t-elle dans mon oreille, me faisant trembler de fureur. De plus, maintenant je sais exactement où trouver ta mère... Gregory s'est montré très coopératif une fois que je suis entrée dans sa tête. Elle est tout ce dont j'ai toujours eu besoin, même morte. C'est elle qui détient le véritable pouvoir que je recherche. Toi et tes sœurs n'étiez que mon tremplin.

Je lutte contre son emprise magique qui se resserre autour de moi, et ma respiration se bloque dans mes poumons.

Ses paroles me font l'effet de couteaux qui me transpercent, sachant que tout ce temps, elle s'est servie de nous. Ma sœur a été abusée par cette sorcière dans le seul but d'atteindre notre mère. Une fureur indomptable monte en moi, et ma louve s'avance, éprouvant une colère noire.

— Je suis navrée de ne pas pouvoir te tuer, ronronne-t-elle. Mais je vais te laisser avec quelque chose de tout aussi destructeur.

À cet instant, je me transforme, ma louve émergeant en tremblant.

Un objet dur me frappe à l'arrière de la tête, la

douleur se propage dans mon crâne. Mes paupières papillonnent, je tombe, et le monde s'assombrit.

— Narah !

Quelqu'un répète frénétiquement mon nom et me secoue.

Mes pensées se mêlent les unes aux autres, mais quelque chose de plus fort m'envahit. Le parfum des hommes sexy et masculins submerge mes narines et m'engloutit. C'est si beau, si délicieux.

Pourtant, la terreur du retour de Lyra me détruit.

Tout cela pendant qu'un brasier me consume comme si j'étais en feu.

J'ouvre les yeux sur les quatre hommes vikings qui me regardent, et mon cœur s'emballe. Ragnar me prend dans ses bras et m'aide à me relever, puis me serre contre lui de manière si protectrice que j'en ai le souffle coupé.

Je pourrais peut-être apprécier le moment si le monde pouvait s'arrêter de tourner alors que je jette un coup d'œil alentour, sans trouver aucun signe de ma sœur.

— Pourquoi ton odeur est-elle différente ? s'enquiert Stone, dont les narines se dilatent alors qu'il me renifle.

— Merde, tu sens terriblement bon. Je pourrais te dévorer, ronronne Crius à mon oreille.

Nikos pose les mains sur moi, et ses yeux laissent place à ceux de son loup, où brûle une faim féroce.

— Je me sens bizarre, murmuré-je à Ragnar, tandis que le feu que j'ai ressenti tout à l'heure se répand dans mon corps, comme si j'étais sur le poing de m'enflammer. Je crois que Lyra m'a fait quelque chose. Et elle est de retour. Tout ce temps, elle possédait Kaira... Et les loups arrivent...

Je divague un peu, j'ai du mal à respirer.

— Narah, grogne-t-il d'un ton possessif, ne semblant pas entendre ce que je dis.

Il émet un bruit qui fait flancher mes genoux. Sa main glisse sur le bas de mon dos, et un gémissement s'échappe de mes lèvres. Ma culotte se retrouve instantanément trempée, et je tombe dans ses bras.

— Qu'est-ce qui ne va pas chez moi ?

Ses narines s'évasent une fois encore alors qu'il inspire mon parfum, et ses yeux se révulsent, il se perd presque. Sa poigne se resserre tandis que la peur m'envahit.

— Merde, on est dans de sales draps.

Sa voix est plus profonde. Ses hommes sont tout autour de moi, ils me sentent, me touchent et me lèchent.

— C'est le pire moment possible, Narah. Tu vas instantanément attirer tous les hommes de cette meute... Tous les hommes près de toi, en fait. Ils nous tueront pour avoir une chance de s'accoupler et se reproduire avec toi. Ton odeur va les rendre fous. Nous rendre fous.

— Qu... Qu'est-ce que tu veux dire ? haleté-je tandis que mon sang se glace dans mes veines.

— Tes chaleurs commencent.

Suivez la suite de l'histoire de Narah dans La Louve Maudite : commandez-le ici !

LA LOUVE MAUDITE

LES LOUPS SAUVAGES, LIVRE 4

À PROPOS DE MILA YOUNG

Auteur à succès, Mila Young aborde tout avec le zèle et la bravoure des héros de contes de fées, dont les aventures ont enchanté son enfance. Elle élimine les monstres, réels et imaginaires, comme s'il n'y avait pas de lendemain. Le jour, elle joue du clavier en tant que génie du marketing. La nuit, elle combat avec sa puissante épée-stylo, réinventant des contes de fées, où les héros sexys vivent des histoires fantastiques. Durant son temps libre, elle aime imaginer qu'elle est une valeureuse guerrière, câliner ses chats, et dévorer tous les romans fantastiques qui lui passent sous la main.

Envie de lire d'autres romans de Mila Young ? Inscrivez-vous ici dès aujourd'hui. www.subscribepage.com/milayoung

Rejoignez le **groupe des Lecteurs Fantastiques** de Mila pour des contenus exclusifs, les dernières infos, et des avantages.
www.facebook.com/groups/milayoungwickedreaders

Pour plus d'informations...
www.milayoungbooks.com
mila@milayoungbooks.com

LES ROMANS DE MILA YOUNG

www.milayoungbooks.com/french-home

Les Loups Sauvages

La Louve Perdue

La Louve Brisée

La Louve Damnée

Revendiquée par l'Alpha

Capturer une Faë

Séduire une Faë

Apprivoiser une Faë

Revendiquer une Faë

Les Loups Cendrés

Recherchée par les Loups

Attirée par les Loups

Obsédée par les Loups